蜜色エトワール

市村奈央

幻冬舎ルチル文庫

CONTENTS

✦目次✦

蜜色エトワール

✦カバーデザイン＝久保宏夏（omochi desigu）
✦ブックデザイン＝まるか工房

イラスト・麻々原絵里依✦

蜜色エトワール

特別な感情はひとつも湧いてこなかった。

空港の高い天井から、ガラス越しの空へゆっくり視線を巡らせて、ナオキは自分の足元を見下ろした。日本だ、ともう一度自分に語りかける。けれどやはり、胸に浮き上がってくるものはない。

足を止めたまま後ろを振り返った。そうしても、十二時間も前に離れた地が見えるわけではなくて、ナオキはため息をひとつついてから、スーツケースを引いて歩き出す。

まっすぐに伸びた背筋と、颯爽《さっそう》とした足運びに、擦《す》れ違う日本人が時折ナオキを振り返った。ふと、彼らに自分はどう見えているのだろうと疑問に思う。身長百七十五センチ、見た目は細身で、手足がスッと長く伸びている。癖のない黒髪、東洋人としては肌《はだ》は白いほうだ。目鼻立ちもはっきりとしていて、睫毛《まつげ》がピンと長い。生まれた国では童顔だと言われ、いまでも十五、六に間違われることもあるが、日本では二十一という年相応に見えているだろう。旅行帰りの学生、周りの目にはそんなふうに映っているのかもしれなかった。

たしかに、両親が日本人だという意味なら、ナオキは日本人だ。けれど、日本に来るのはこれがはじめてだった。仕事で、住んでいる国以外を回ることもあるが、欧州を出たことはない。

そして、こんなに長い旅路も、ひとりで遠出をするのもはじめてだ。

旅は嫌いじゃない。長い時間、汽車や飛行機に乗るのは好きだった。自分の意思とはべつに、どこかへ運ばれていく感覚が不思議で楽しいのだと思う。ぼんやりとしていればそれだけで、国境さえ越えて知らない土地へ辿《たど》り着く。今回も、そういういつもと変わらない旅になりそうだ。

公衆電話を見つけて、紙のメモを見ながら数字をプッシュする。ナオキは携帯電話やスマートフォンを持ったことがない。連絡が必要になりそうな友人や知人とは、普段からよく顔を合わせるからだ。交友関係は狭く、親しい仲間のスケジュールはだいたいだいが、仕事場の掲示板に貼り出されていたので、いままで不自由を感じたことはない。

『もしもし』

相手が電話に出る。はっきりとした日本語に、咄嗟《とっさ》に返事ができなかった。ナオキが少し口ごもってから「アロー」と口にすると、相手は『ナオキか』と声を嬉《うれ》しそうにやわらげた。

『日本に着いたのか。いまどこにいる？』

「空港。羽田《はねだ》の」

ぎくしゃくと日本語で話す。

『迎えに行くよ。待っていられる？』

「場所を教えてもらえれば、ひとりで問題ないです」

『そうは言うけど、日本は、その、――はじめてだろう？』

電話の向こうで、父はためらいがちにそう言った。父のほうも、自分が口にした言葉の異質さに気付いているのだろう。夫婦ともに日本で暮らしていて、息子《むすこ》に向かって、「日本ははじめてだろう」だなんて、普通は言わない。

『それに、鞠子《まりこ》——お母さんに、きみが暮らす部屋の鍵を預けてあるんだ。今日は公演のリハーサルがあるそうだから、ナオキに見せて、それで鍵を渡すつもりらしい』

母の名を聞いて、憂鬱《ゆううつ》な気分になる。会わないで済むとは思っていないけれど、一番に顔を合わせるつもりもなかった。母に会うことは必要だ。話すことも。そう理解して、そのつもりで日本にやってきている。けれど、頭と気持ちは別物だ。

「それなら、劇場に行けばいいんですね」

『そうだけれど……』

「行きかただけ教えてください。大丈夫です、子供ではないので」

ナオキの返事に、父は苦笑したようだった。穏やかな吐息が耳に届く。

『頑固なところは鞠子に似たのかな』

そう言われても、ナオキは母の性格を知らなかった。父に関しては、性格どころか顔も覚えていない。今回日本に来ることに決めてはじめて手紙を書いて、二回電話で話をしたことがあるが、それだけだ。伝わる声から、穏やかなタイプなのだろうとは思っている。ナオキが日本で育っていたのなら、そばで大事に可愛《かわい》がってくれたのかもしれない。

父は劇場の名前をゆっくりと発音して、タクシーに乗って向かうようにと言った。電車に乗ろうと思っていたが、たしかにタクシーのほうが確実だ。礼を言って電話を切り、タクシー乗り場へ向かう。教えられた劇場の名を告げると、タクシーはスムーズに走り出した。

窓の外を流れる景色を目で追う。クリスマスが近く、街中は赤や緑の飾りで華やかだ。そして当たり前だが、漢字が多い。ナオキはそのことにまず驚いて、知らない国だという思いをいっそう強くした。ここは異国だ。

劇場は広い公園の一角にある古い建物だった。ひとは少なく静かだ。正面玄関は閉まっていたので、楽屋口へ回る。警備員の姿もなく、咎《とが》められることなくあっさりと劇場内へ入れた。入口の脇に今日の進行表が張り出されていて、一番上に大きく高郷《たかさと》バレエと書いてあるのが読み取れた。日本語の読み書きはほとんどできないが、さすがに自分の名前くらいはわかる。高郷直希《なおき》。まったく馴染《なじ》みはしないが、ナオキの名はそう綴《つづ》る。

シンと静かで底冷えのする廊下を進むと、徐々に音楽が聞こえ出した。この時期の定番の演目である『くるみ割《わ》り人形《にんぎょう》』の第二幕、トレパック。物語は終盤だ。

どこの劇場も基本的な構造は似ている。ナオキは、客席、と矢印のある重い鉄のドアから、ホワイエ経由で薄暗い客席に入った。階段をおりてゆきながら上を見ると、五階席まであり、規模の大きな劇場なのがわかる。オーケストラピットが閉じていて音楽が録音なのが惜しいが、音響は悪くなかった。一階席のちょうど中央あたりの席に腰かけ、舞台に目を向ける。

ちょうど、主役であるクララと王子のパ・ド・ドゥがはじまるところだった。主役の男女による四曲構成のグラン・パ・ド・ドゥは作品最大の見せ場だ。ここで、カンパニーの評価が決まるといってもいい。ナオキはじっと舞台に注目した。

自分もバレエダンサーだから、どうしても男性のほうに目が行く。白地に金の装飾が施された王子の衣装を着ているのは、ナオキと同年代くらいの若いダンサーだった。

パートナーへの気配りが足りない。王子役に求められる優雅さや気品を備えていない。ジャンプを自己流の癖と力だけで跳んでいる。——全体的に基本が身に染みきっていない。舞台を眺めながら、そんなふうに思う。

ただ、スタイルはいい。はっきりとした顔立ちと伸びやかな長身には、努力で身につけることのできない華があった。演目がくるみ割り人形でなく、ドン・キホーテや海賊《かいぞく》あたりだったら、もっと舞台に映えただろう。王子らしく踊ろうという気持ちからか、動きに遠慮が見て取れるのがもったいない。

けれど、総合的に見て、いいダンサーだと思った。嫌味なく華やかで、広い舞台を持て余さない存在感がある。

これが母の育てたダンサーなのか。

パ・ド・ドゥが終わったところで席を立って、また楽屋側へ戻る。父は、母にアパートの鍵を預けたと言っていた。探して、鍵を受け取らなければならない。現在の母の顔は写真でしか知らないが、誰かに高郷鞠子はどこですかと訊《たず》ねれば教えてくれるだろう。

ひとに声をかけるときは「すみません」でよかっただろうか。日本語の会話を考えながら廊下を歩いているうちに、舞台袖《そで》まで来てしまっていた。引き返そうと向きを変えかけたナオキの目の端に、白い衣装が映る。

「……きみは」

袖から現れたのは、出番を終えたばかりの王子役だ。彼は荒い息に肩を上下させつつ、訝《いぶか》しがるような顔をしてナオキをじっと見た。短めの前髪が汗で額に貼りついているのに妙に色気があって、ナオキも惹き込まれるようにして彼を見つめ返す。凛々《りり》しく整った、男らしい顔立ちだった。

ダンサーには、容姿も大事な要素だ。彼はそういう、もともとの部分では特別恵まれているといってもいい。だからこそ、訓練すれば誰にでも身につく基礎の部分が徹底されてないのが惜しかった。

「きみは、……うまくないな」

ナオキの率直な言葉に、目の前の彼は片眉《かたまゆ》を上げた。

うまく言えなくて、ナオキは首を傾《かし》げながら言葉を探す。膝《ひざ》の柔軟性に欠けるのだろうか。基礎中の基礎である、膝を曲げるプリエの動きがぎこちない印象だった。

「つまり、プリエが下手《へた》だし、それに、」

「ナオキ！」

後ろから名前を呼ばれ、ナオキは言葉を止めて振り返った。長袖のTシャツにロングスカート、肩にニットのショールをかけた五十代くらいの女性が駆け寄ってくる。高郷バレエ団代表、高郷鞠子。雑誌やインターネットで見た写真と同じ顔だ、とナオキは思う。つまり、自分の母親だ。

こうして向かい合うのは十一年振りだった。ナオキが十歳でフランスのバレエ学校に入学して以来一度も会っていないから、記憶の母はもうおぼろげで、目の前の女性とは重ならない。母親なのに、まるで初対面のようだと思いながら、ナオキは両手を広げて鞠子を軽く抱きしめ、頰《ほお》を合わせた。

「おかえりなさい、ナオキ」

「いいえ」

おかえりなさいというのは正しくないので訂正をする。

「俺は、日本に帰ってきたわけではないです」

身体《からだ》を離してはっきりとそう言うと、鞠子は困惑げにナオキを見上げた。

「だけど、だってあなた、あちらのバレエ団を辞めたって……」

ナオキはわずかにだけ眉をひそめる。鞠子の言うとおり、ナオキは所属していたパリのバレエ団を退団して、日本にやってきた。自分を育てた場所を離れる痛みを思い出して、だけどナオキはそれを胸の深くへ押し戻した。

「ですが、俺はあなたのバレエ団に入るつもりはありません。日本での過ごしかたは自分で決めます。これからの人生のことも」

どうして、と鞠子の口が動いた気がした。どうして自分が望むとおりにしないのか、と言いたいのだろうか。

「父に、あなたがアパートの鍵を持っていると聞きました」

鞠子はしばらく黙ってナオキを見上げて、それから「少し待っていて」と廊下を引き返していった。華奢《きゃしゃ》な後ろ姿だ。背筋がまっすぐと伸びていてうつくしい。彼女もかつては日本を代表するバレリーナだった。それがよくわかる歩きかただと思った。

「……鞠子先生の息子か」

横合いからの声に、ナオキは彼の存在を思い出した。ふたりの話をずっと聞いていたらしい。不愉快を隠さない表情を、ナオキはまっすぐ見返した。

「そうだ」

「パリの、ガルニエ宮で踊ってたんだよな」

「ああ」

パリの中心部にある劇場、ガルニエ宮のバレエ団は、世界的に有名だ。付属のバレエ学校には毎年二十人ほどしか入学を許されず、その中からバレエ団に入れるのはさらに絞られた

二、三人。ナオキはそうした難関をくぐり抜け、つい先日までガルニエ宮の舞台に立っていた。

「お待たせ」

鞠子が戻ってきて、地図の書かれた紙と銀色の鍵をナオキの手に置く。日本ではひとりで暮らしたいと言ったナオキに、不動産会社を経営している父がアパートのひと部屋を用意してくれた。今日からしばらく、ナオキはそこで暮らす。

「生活に必要なものは揃《そろ》えてあるわ。足りないものや必要なものがあったら言ってちょうだい。案内してあげたいのだけど、明日が本番で、わたしはここを離れられないの。ひとりで大丈夫？」

妙なことを訊《き》く。ナオキはおかしくてちょっと笑った。

「もちろん。これまでもずっと、親がいなくても大丈夫でした」

はっと鞠子が息を呑《の》む。

十歳でバレエ学校の寮に入り、それ以降、両親とは一度も会わずに育った。いまさら、ひとりで大丈夫かどうかなんて訊かれるまでもない。

「おい、そういう言いかたはないいんじゃないか？」

割り込んだ低い声のほうへ顔を向けた。「いいのよ、清親《きよちか》」と鞠子がたしなめるように彼の腕に手をかける。

主役の王子を踊るのだから、彼はおそらく母のバレエ団で一番のダンサーなのだろう。鞠子を庇《かば》おうとする態度にも、それを抑えようとする仕種《しぐさ》にも、自然な親密さがある。ナオキには、目の前のふたりのほうがよほど親子に見えた。

「俺は、彼女を母親だと思っていない」

「おまえ……っ」

激したようすで一歩前に出る彼から、ナオキはするりと身を引いた。そのまま踵《きびす》を返して楽屋口へ足を向ける。鞠子はナオキを呼び止めなかったし、王子の彼も追ってまではこなかった。

楽屋口から外へ出ると、冷たい風が首筋を撫でた。

母親だと思っていない。本当にそう思っている。ナオキにとっては、七年暮らした寮の管理人やバレエ学校の教師、それから友人の母親のほうが、よほど自分を育ててくれた大切なひとだ。

けれど子供じゃあるまいし、わざわざ口にすることでもなかった。あれではまるで恨み言だ。そういう感情は持ってはいけない。自分が醜く卑しくなる。

友人の母は、小さいナオキを抱きしめて言った。ナオキが醜いとわたしが悲しいわ。バレエ学校の教師も言った。ナオキ、きみは毅然《きぜん》とうつくしくありなさい。

そうありたいと思っている。だけど一方で、それだけではだめだとも思っている。

パリを離れるきっかけになった、リハーサルコーチの言葉を思い出す。

『ナオキ――』

足が止まる。ナオキは震えるため息をついて、重くなった足を無理に前へ出した。

劇場の前でふたたびタクシーを拾い、運転手に住所を告げて地図を見せる。

二十分ほどで着いたアパートの前に立ち、建物を見上げた。外壁は打ちっぱなしのコンクリート。それだけの、装飾のない、古びた四角い箱のような建物だった。ガラスのドアを押して中に入ると、右手に郵便受けが八つ、その先に階段がある。二階を飛ばして、三階と四階に四部屋ずつ。ナオキに用意されたのは、三階の一番奥の部屋だった。渡された鍵で、青に塗られた玄関のドアを開ける。

階段を苦心して運んだスーツケースを玄関に置き、部屋の中をひととおり見て回る。左手にトイレ、右手に脱衣所とバスルーム、洗濯機。正面の戸を開けるとリビング。右側がカウンター式のキッチンで、突《つ》き当たりはベランダに続く窓だ。冷蔵庫、テレビ、テーブル、ソファも既に揃っている。左側はロフトになっていて、五段の階段をのぼった上がベッドというつくりだった。

ボリュームのある布団《ふとん》を目にした途端に、身体が急に眠気と疲れを訴えた。十二時間も飛行機に乗っていて、うまく睡眠もとれなかったことを思い出す。ナオキはコートも脱がずにそのまま布団の上へ倒れ込んだ。靴だけは脱いで下へ落とす。革靴が、床でガコンと音を立てた。軽くて柔らかい羽毛布団は夢のような心地よさで、ナオキは吸い込まれるようにして眠りに落ちた。

目が覚めると、部屋の中はもう真っ暗だった。腕時計に目を凝《こ》らすと、針はちょうど九十度に開いている。午後九時だ。中途半端に眠ったせいか頭が重くて、小さな階段をおりる足が慎重になる。喉が渇いたのでキッチンの冷蔵庫を開けたが中身は空で、真っ暗な冷蔵庫にナオキは少しだけ途方に暮れた。

けれど、こんなのは甘えだ。なにもかも不自由なく用意されてて当たり前だなんて思ったらいけない。自分のことは自分でするべきだ。

いままで自分は周りに寄りかかりすぎていた。十七歳でバレエ団に入ったというのはつまり、その年で職を持った、社会に出たということだったけれど、自分はおそらく世間知らずなのだとナオキは思う。バレエしか知らない。それが許される世界で生きてきた。

財布を持って外へ出る。フランスではこの時間になるとほとんどの店が閉まるが、日本は二十四時間開いている店がたくさんあると聞いていた。目の前の横断歩道を渡った斜め前にそれらしい明るい店が見えたので、足を向ける。

店は狭くごちゃごちゃとしていて、洗練されているとは言い難いけれど、商品は多く、とにかく便利になんでも揃うらしいのはわかった。ミネラルウォーターとクロワッサン、それからチョコレートを買って店を出る。冷たい夜風が心地よくて、ナオキはそのままビニール袋を揺らして少しだけ近くを歩いて回った。来たときは車だったので気付かなかったが、坂道が多い。緩やかな坂をおりて適当に歩き、急勾配の坂を上がるとマンションの裏手に出た。曲がりくねった道が多いのか、はっきりと角を折れたつもりもないまま元の場所に戻ってきてしまったのは妙な感覚だった。

幅が狭く段差が大きいアパートの階段を三階まで上がる。隣の部屋の前に人影があった。ナオキの足音に、人影がこちらを向く。

「……おまえ」

ナオキを見て目を瞠《みは》る、整った顔に見覚えがあった。昼に会った、母のバレエ団の王子役をつとめていた男性ダンサーだ。彼はナオキに気付き、あからさまに顔をしかめる。

ナオキはボンソワ、と口にしかけて、「こんばんは」と言いなおした。相手は挨拶をされるとは思わなかったのか、少し驚いたように黙って、それからぎこちなく「こんばんは」と返してくる。

「きみもここに住んでいるのか」

「ああ。……そうか、おまえもここに住むんだな」

彼は「そうか」ともう一度呟《つぶや》いて、顔を上げた。そして、ナオキに向かって手を差し出す。

握手を求められているのだとわかって、ナオキは素直に応じた。

「如月《きさらぎ》清親だ」

「ナオキ・タカサトだ。よろしく、キヨチカ」

向かい合って、ナオキは彼が、ターコイズブルーのラインが入った黒いランニングウェアを着ていることに気付いた。スニーカーもどうやらランニング用のものだし、彼は外を走って帰ってきたところのようだった。

「……きみはランニングをするのか？」

まさか、というニュアンスが伝わったのか、清親は訝しげに眉を寄せた。

「悪いかよ」

いいか悪いかというなら、悪いに決まっている。バレエ学校では、ランニングなんて絶対にしない。踊るための筋肉と、走るための筋肉は明らかに違うからだ。

「やめたほうがいい。余計な筋肉がつく」

母は彼にそんなことも教えなかったのだろうか。それとも彼が勝手にしていることだろうか。どちらにしても信じられない。

ナオキの口調と表情から明らかな批判を感じ取ったのか、清親が不愉快そうに顔を歪《ゆが》ませた。そして、自分の部屋の鍵を開けて無言で入っていってしまう。ガン、と鉄の扉が閉まる音が高く響いて、ナオキも眉をひそめた。

彼は紳士じゃない。粗野な印象は、バレエダンサーというよりスポーツマンを思わせる。

いままで自分の周りにはいなかったタイプだと思いながら、ナオキも自分の部屋へ戻った。

買ってきた水を飲むとまた眠気が這《は》い寄ってくる。ロフトへ上がって布団にくるまった。

体調が悪いわけでもないのにレッスンをせずに一日を終えるのは、物心ついてからはじめてだ。罪悪感が滲《にじ》んで、けれどナオキはそれを見ない振りで、ぎゅっと目を閉じた。


翌朝はやくに目が覚めた。巻いたままだった腕時計を見ると、五時を少し過ぎたところだ。ロフトからおりて、また水を飲む。テレビをつけると、日本人が日本語を喋《しゃべ》っていて、ああ、日本に来たんだなとあらためて思った。眺めながら昨夜コンビニエンスストアで買ってきたクロワッサンをちぎって口に入れ、くにゃっとしたはじめての食感に驚く。普通、クロワッサンはパリパリしているものだろう。それでもひとつ食べ終えて、テレビを消した。スーツケースを開けて、着替える。

Tシャツ、サウナパンツ、レッグウォーマー、靴下、パーカー。ナオキはバレエシューズを手に、スリッパをつっかけて部屋に鍵をかけ外廊下に出た。

父が用意してくれたこのアパートは、三、四階が住居部分で、二階はフロアすべてがダンススタジオになっている。かつてはバレエ教室だったそうだ。数年前に教室が撤退してからは新しいテナントを入れていないから、自由に使っていいと父は言った。だから、昨日母から受け取った鍵は二種類あった。ひとつは部屋の鍵。もうひとつはこの二階フロアの鍵だ。

スタジオは、やや横に長すぎる長方形だった。左手は厚いカーテンのついた窓。右手はなにもない壁で、出入り口の並びに更衣室に使っていたらしいスペースと小さな流しがある。前面はすべて鏡張りで、二方の壁に二段のバーがついていた。充分だ、とナオキはスリッパをバレエシューズに履き替えた。

軽く身体を伸ばして、首と手首をゆるゆると回しながら、左手をバーにかける。ひやりとした木の冷たさが、するんと肩まで伝わった。バレエのレッスンは、初心者だろうとプロだろうと、かならずバーを使った基礎の動きからはじまる。足は第一ポジションから、プリエ。身体を前へ。後ろへ。第二ポジションで同じようにプリエ。少しずつ、ゆっくりと身体をほぐしてゆく。音楽のない静かなスタジオに、ナオキのバレエシューズが床を擦る音だけが規則的に響く。

ピアノの伴奏なしにレッスンをするのは久し振りだった。

バレエ学校時代は、長い休みになると友人のアルベリクが自分の家族が待つ家へナオキを招いてくれた。そこで過ごすあいだも、ナオキとアルベリクは広い庭を教室代わりにレッスンをしていた。ピアノはなくて、教師もいなくて、ふたりで歌いながら教師の真似《まね》をしてレッスンを組み立てるのが楽しかった。

幼い頃を思い出して、けれど身体を動かしていくうちに、さまざまな思いも抜け落ちて没頭していく。昨日一日休んだことで、肘《ひじ》や膝、指先ひとつひとつに小さな分銅をつけられたように感じた。微妙にずれた身体のバランスを修正し、調整する。

足を高く蹴《け》り上げるグラン・バットマンでバーレッスンを終了し、ほっと息をついた。タオルを持ってくるのを忘れたことに気付いたのもそのときだった。一度部屋に戻ろうとドアのほうへ身体を向けて、ナオキははたと目をまたたいた。

「……驚いた」

ナオキが思わずそう口にすると、相手は——清親は反射のように顔をしかめて、それから「悪かった」と憮然《ぶぜん》とした調子で言った。

けれど考えてみれば、清親はもともとこのアパートに暮らしているのだ。おそらくナオキと同じように、母を経由して父が融通したのだろうし、だからこのスタジオだって、いままでは彼がひとりで使っていたのだろう。先客に驚いたのはきっと清親のほうだ。

「すまない。邪魔なようなら、俺はまたあとで使わせてもらう」

日本でなにをするかはまだ決めていないので、時間なら持て余すほどある。この場は遠慮しようと、ナオキは清親の脇をすり抜けようとした。

「待てよ」

清親の手が伸びて、ぐっとナオキの二の腕を掴《つか》み引き止めた。顔を上げると、間近に清親の整った顔がある。鼻筋が通っていて、眉がくっきりと男らしい。ドン・キホーテの衣装がよく似合うに違いなかった。

清親はナオキの腕を摑んだまま、しばらく口を開こうとしなかった。ただ、無言でこちらを睨《にら》みつけてくる。ナオキは彼の意図がわからないまま、じっと清親の目を見つめ返した。

「……おまえ、昨日、うまくないって言ったよな」

絞り出すような低い声に、ナオキは「ああ」と頷《うなず》く。たしかに言った。彼は悪くないダンサーだ。だけれどいくつか目立ってまずい部分がある。

「あれ、どういう意味だ」

すごむような問いかたに、ナオキは顎《あご》を引いて視線を落とし、言葉を探した。どういう意味だと問われても困る。

「言葉通りの意味だけれど」

考えながらそう答えると、清親からふっと怒りのオーラが立ち昇る。言いかたを間違えたのだろうと気付くが、日本語は難しくて修正を思いつかない。困り果てた頭に、ふと、アルベリクの顔が浮かぶ。『ナオキ、いいかい、笑顔だ。無理なら踊るといいよ。バレエは世界共通の言語なんだから』彼はナオキの鼻先をちょんとついてそう言った。

「見ていて」

ナオキは腕を摑む清親の手を外して、スタジオのセンターに進み出た。第五ポジションから、トゥール・アン・レール。くるみ割り人形の、王子のソロの冒頭にある、空中での回転技だ。まっすぐ上にジャンプして、二回転する。

「――」

清親が、背後でナオキの動きをじっと見ているのが鏡に映る。ナオキは前になる足を入れ替える小さなジャンプ――シャンジュマン三回を挟んで、何度か同じパを繰り返してみせた。

「やってみて」

促すと、清親もセンターに出てくる。トゥール・アン・レール。ナオキは彼の背後に回り、下がる腕を指先で支えて位置を直した。清親がもう一度跳ぶ。

「わかった。きみ、ここが下がるんだ」

鎖骨の下に、トントンと触れた。ジャンプの瞬間に、顎から胸にかけてを引いて身体をひねる妙な癖がある。本人には自覚がないようなので、「こう」と清親の動きを大げさに真似た。

すると、清親が「ああ、そうか」とため息をついた。

「俺はもともとフィギュアスケートをやってたんだ。たぶん、そのときの癖が抜けていないんだと思う」

フィギュアスケート、とナオキは繰り返した。

テレビで見たことくらいはあるが、ナオキは実際アイススケートをしたことは一度もない。けれど、目の前の彼がフィギュアスケートをやっていたというのは妙に納得できた。身体能力は高いがバレエの基礎が徹底していないのも、スポーツマンのようなたたずまいなのも、そのせいなのだろう。

「悪いけど、もう一回」

頼まれ、ナオキは頷いた。軽く跳ぶと、清親も厳しい顔でナオキを真似て跳ぶ。

「ノン、こうだ」

今度は跳ばずに、ポジションだけを見せる。ひとに教えたことなんてないから、繰り返し自分の持っているものを見せる以外にない。

淡々と同じジャンプだけを繰り返していくうちに、清親の動きは目に見えて洗練されていった。癖というものは、指摘されてもなかなか矯正《きょうせい》できるものではない。バレエ学校に入学した最初の一年で、それまでついていた教師の癖を直せなかった同級生が何人も退学していったことを思い出す。清親はおそらく、普通の人間よりずっと飲み込みがはやく柔軟なのだろう。彼の気難しく頑固そうなイメージを、ナオキは少し修正する。

「なあ」

肩を上下させながら、清親がナオキを振り返った。

「おまえの、『くるみ』のヴァリアシオン、見せてくれないか」

「構わないけれど……」

ヴァリアシオンというのは、ソロで踊る曲のことだ。ナオキが頷くと、清親はスタジオの隅にあったミニコンポの電源を入れる。くるみ割り人形の王子は、バレエ団の昇級コンクールで踊ったことがある。テンポを摑むために、王子のヴァリアシオンの前の曲、パ・ド・ドゥのアダージオ部分から音を聞かせてもらい、曲が終わるのに合わせてパーカーを脱いでポジションについた。

ナオキは『くるみ割り人形』や『白鳥の湖《はくちょうみずうみ》』などの王子役のような、正統派の踊りが得意だ。基本に忠実で真面目《まじめ》、清潔感と優雅さが際立っている。そう評価を受けて、入団や昇級のテストに合格してきた。

短い曲を踊り終えると、鏡越しに清親と目が合った。清親が、夢見るようにぼんやりとさせていた目をはっとまたたく。女性のソロ、金平糖《こんぺいとう》の精の踊りの、チェレスタの音が可憐《かれん》に響く中、見つめ合ったままの沈黙が過ぎる。やがて呼吸を思い出したように、清親が口を開いた。

「すごいな……」

目を逸《そ》らして低く言った清親に、今度はナオキが目をまたたかせる。

「ノーブルって言葉の意味がはじめてわかった気がする。やっぱりガルニエ宮のバレエ学校は違うんだな」

正面から感心されて、ナオキは戸惑う。通っていたのはたしかに、入学自体が困難で、卒業までにはさらに人数が絞られる厳しい学校だ。ナオキはそこで、まぎれもなく世界最高峰のバレエ教育を七年間受けてきた。そういう自負はあるけれど、まっすぐに褒められるのはくすぐったい。ナオキが黙って目を伏せると、また沈黙になった。

「あ、やばい。もう行かねえと」

壁にかかった時計を見上げた清親が、若干慌てた声を上げる。

高郷バレエ団の公演は、昨日がリハーサルで今日が本番だ。開演は午後だとしても集合は朝なはずだった。ナオキも時計を見上げる。八時近くになっていて、いつの間にこんなに時間が経っていたのかと驚いた。

「キヨチカ」

バタバタと出て行こうとする背中を呼び止めると、清親は迷惑そうに振り返って「なんだ」と言った。

「俺も一緒に行っていいだろうか」

「は?」

「昨日は最後のパ・ド・ドゥしか見られなかったから」

ナオキが言うと、清親は渋い顔をして、それから不承不承といったようすで頷いた。

「十分で出かける」

「わかった」

それまでにおまえも支度《したく》をしろ、という意味だろう。ナオキは頷き、部屋に戻って着替えをした。もともと服はあまり持っていない。スリムな黒のパンツと、白のニット、トレンチコートを着てマフラーを巻く。あとは財布を持つだけで準備は整った。部屋を出ると、ちょうど清親も部屋の鍵をかけるところだった。ナオキの姿を見て、清親は少し眉をひそめる。

「……なにか、変だろうか」

「いや、寒くねえのか？」

「いや」

「ならいいけど」

ナオキは寒さに強く、冬でもあまり厚く着込むことがない。けれど、訊ねた当の清親も、ジーンズにTシャツ、黒い革のコートという姿で、ナオキとそう変わらない薄着だ。すっきりとした襟足《えりあし》は首筋がむき出しで寒そうだなとナオキも思う。元フィギュアスケーターだから、彼も寒さには強いのかもしれない。

電車を乗り継いで劇場へ向かう。日本の電車ははじめてで、なにをするにももたつくナオキを、清親は意外と細やかに気遣ってくれた。表情と口調は厳しいけれど、人柄は悪くないんだなと、買ったばかりのＩＣカードを財布にしまいながら思った。

「じゃあ、俺は行くから」

「ああ。ありがとう」

楽屋口で清親と別れる。彼にくっついて劇場へ入ってもナオキにできることはない。開演時間まで近くで時間を潰すことにする。とにかく、ここまで清親と一緒に来られたことがありがたかった。ひとりでは辿り着けたかどうかわからない。

さてとあたりを見渡すと、劇場の隣に大きな看板の建物がある。歩いていってみると思ったとおり美術館だ。カフェのメニューの洒落《しゃれ》た黒板も出ていて、午後までここで過ごすことに決める。

美術館や博物館には、よく足を運ぶ。特別好きなわけではないが、ナオキを教えた教師たちはみな口を揃えて、美術館や博物館、オペラ、ミュージカル、他のバレエカンパニーの公演に行くようにと言った。アルベリクや他の同級生たちはそれほど熱心に勧められることはなかったそうなので、どうやらそれはナオキに特別必要なことのようだった。

絵画を眺めて、併設のカフェで昼食をとる。開場時間に合わせて劇場へ戻り、当日券を買って中へ入った。四階席の後方だが、舞台の正面の割といい席だった。ナオキのいたガルニエ宮には、場所によっては舞台がまるで見えない席もある。

開演時間ぴったりに場内が暗くなり、音楽がはじまった。『くるみ割り人形』はクリスマスの夜の話なので、この時期の公演にはどこのバレエ団も大抵これを選ぶ。子供の出番も多く、ガルニエ宮の公演ではバレエ学校の生徒も出演する。ナオキにとっては、幼い頃からクリスマスといえば『くるみ割り人形』のための厳しいレッスンだ。

クリスマスパーティの場面が終わり、主人公クララのくるみ割り人形が王子に変身する。

くるみ割り人形のマスクが外れ、清親の素顔があらわれると、客席からほうとため息がもれた。清親は、日本では人気のあるダンサーなのかもしれない。

わかる気がする、とナオキは思った。優雅ではないが力強い華がある。きっぱりと凜々しい清親は、ひとの目を集めるのに充分な魅力を持っていた。

きっと、氷の上でも堂々と華やかだったのだろう。スケートのことは知らないので曖昧なイメージしか描けないけれど、リンクの上を、空気を切り裂いてまっすぐ進む姿は容易に想像できた。バレエよりもスケートのほうが、彼個人の持つイメージに近い。

もともとフィギュアスケートをやっていた、という言いかたを清親はした。つまり、いまはもうやっていないということだった。なにがあって、スケートからクラシックバレエに転向したのだろうか。

少し気になって、けれど考えても仕方のないことなので、ナオキは意識を舞台に戻した。

十五分の休憩を挟んで、第二幕がはじまる。

お菓子の国の賑《にぎ》やかさのあとに、花のワルツ。そして、グラン・パ・ド・ドゥ。清親とパートナーが、一際大きな拍手に迎えられて舞台の中央に歩み出る。

ふたりで踊るアダージオに続いて、王子のヴァリアシオンがはじまった。

「――――」

完璧だった。

朝何度も練習したとはいえ、舞台の上ではやっぱりもともと持っている自分の癖が出やすいものだ。けれど清親にはまるでそれがない。昔からそう踊っていたような、ナオキと同じトゥール・アン・レールだった。

それだけじゃない。指先のニュアンスや目線の使いかたまで、ナオキと似ている。一度見せただけのナオキの踊りを、清親は本番の舞台でいきなり真似しようとしているらしい。指先が花びらのようにひらめく無垢《むく》なしなやかさは、ナオキの一番の特徴だ。再現できているとは思わないが、意識していることは見て取れる。すごいな、とシンプルに感心した。

いまはまだ、細かい欠点が目立つ。けれど、バレエダンサーとしての意識をはっきり持ち、もっといい環境で上質の教育を受ければ、彼は劇的に伸びるかもしれない。

そんなふうに思いながら、ナオキは舞台の上の清親に拍手を送った。

翌日、朝十時に玄関のチャイムが鳴った。

ナオキはパンとミルクで朝食を終え、テレビを見ていた。日本語しか流れてこないのがおもしろい。八割方は正しく聞き取れるけれど、早口や古い言葉、逆に新しい言葉などは理解できないところもあった。

立ち上がって玄関を開けると、外廊下には仏頂面の清親が立っていた。訪ねてくるとしたら父か母だろうと思っていたので意外な来客だ。

「……おはよう」

ナオキがとりあえず挨拶をすると、清親も「おはよう」と答える。

「――俺に、なにか用だろうか」

「おまえ、携帯とか持ってないのか」

持っていない、とナオキが言うと、清親は次に「この部屋に電話は」と訊いた。

「ない」

ハア、と清親がため息をつく。

「鞠子先生から俺のところに電話があった。おまえを連れてスタジオに来るようにだそうだ」

「スタジオ?」

「広尾《ひろお》にバレエ団のスタジオがあるんだ」

そして、「支度しろ」と清親は言った。

「いや行かない。俺には、彼女に呼び出されて応じる理由がないから」

「知らねえよ」

清親はぴしゃりと短く言って、ナオキを部屋に閉じ込めるように鉄のドアを押して閉める。

自分は廊下で待つつもりなのだろう。さすがに、それをわかってぼんやりとテレビを見る気にはなれず、ナオキは仕方なく出かける支度を整える。

昨日と同じで、清親のあとについて移動した。はじめて路線バスに乗る。パリも、移動はメトロとバスが主流だ。一番後ろの長い座席に清親と並んで座る。窓際にナオキを追いやるようにして座らせたのは、もしかしたら清親の親切なのかもしれなかった。異国の景色を、ナオキは窓に額をつけるようにして眺めた。

「きれいな町だな」

「この辺はな。一応、高級住宅街だ」

清親に促されてバスをおりる。バス停のすぐ目の前のビルが、高郷バレエ団のスタジオだった。モダンな外観の三階建てで、清親の説明によれば、一階が受付、二階がレッスンスタジオ、三階が事務室になっているそうだ。エレベーターで三階に上がり、代表である鞠子が使っている部屋に向かう。

「鞠子先生、清親です」

扉をノックしながら清親が名乗ると、中から「どうぞ」と声がする。清親はドアを開け、自然な仕草で先にナオキを室内へ促した。

「おはよう、ナオキ」

「おはようございます」

広々とした室内の、奥のデスクで鞠子が立ち上がる。今日もロングスカートにニットという出《い》で立ちだ。ナオキを産む前に、鞠子は膝を悪くしてダンサーを引退した。長いスカートを穿《は》くのはそのせいだろうか。ナオキは壁に飾られた、現役の頃の鞠子の写真に目を移した。白鳥の湖、ジゼル、ロミオとジュリエット。すらりとまっすぐで甲の高い、バレリーナに向いた脚だ。

「よく来てくれたわ。座って、清親も」

部屋の中央のソファをすすめられ、清親と並んで腰かけた。部屋の隅のポットで鞠子がハーブティをいれる後ろ姿を眺める。手伝います、と清親が立ち上がって鞠子に寄り添った。年の離れた恋人同士に見えないこともないが、やはり親子のような距離だと感じる。

ガラスのティーカップに注がれて出てきたハーブティに口をつける。ほんのりと甘味があるが、おおむね草の味で、ナオキはひっそりと眉を寄せた。

「来月――一月七日に、次の公演があるの」

鞠子の話し出しは唐突だった。ナオキは無言で彼女を見返す。

「あなたにはそこで、青い鳥を踊ってもらいます」

「……は？」

反抗のつもりはなく心からの疑問だったが、思ったよりずっと棘《とげ》のある声が出た。隣で清親が非難の目を向けてくるのがわかる。

「『眠《ねむ》れる森《もり》の美女《びじょ》』をやるの。王子は清親が踊るわ」

青い鳥というのなら当然演目は『眠れる森の美女』だろうし、このバレエ団の公演なら王子は清親だろう。だから、ナオキが疑問に思ったのはそんなことではなかった。

「俺は、このバレエ団には入らないと言ったはずです」

「あなたのために青い鳥を空けてレッスンをしています。踊らないのなら舞台に穴があくわ」

まるでナオキがわがままを言っているかのような口振りに、自然と顔が歪む。

ナオキは自分がいつバレエをはじめたのか覚えていない。気がついたら、フランスで母の指導を受けていた。覚えているのは、窓のない地下のスタジオと、鞠子の厳しいレッスンだけで、幼稚園や学校へ通っていたのかも、その頃何語を話していたのかもよく覚えていない。遊んだ記憶も友達の記憶も、父親の記憶もない。幼いナオキには、バレエしかなかった。それ以外を与えられなかったのだ。

鞠子は現役を引退後、結婚してナオキを産んだ。妊娠がわかってすぐに、子供をパリにある国立バレエ学校に入れると決めて単身渡仏したという。ナオキは鞠子のその話を、インターネットのインタビュー記事を読んで知った。

つまり、生まれる前から、ナオキの人生はなかば決まっていたのだ。

バレエに関しては、もう仕方のないことだと思っている。いまさら、実はパティシエになりたかったとか、会社勤めがしたかったとか言うつもりはない。けれど、プロのバレエダンサーとなったいまは、鞠子の指図は受け入れ難かった。

「話がそれだけなら帰ります」

ナオキが立ち上がろうとすると、鞠子がふうとため息をついた。

「じゃあ、あなたは日本にいるあいだ、一度も舞台に立たないつもりなの？」

「――――」

「あのアパートのスタジオでひとりでレッスンして、無駄な毎日を過ごすために日本に来たのかと聞いているのよ」

挑発めいた鞠子の言動に、清親が困惑げに母子を見比べる。

「うちのバレエ団に入らないというならそれでも構わないわ。けれど緊張感を持ってレッスンをして、ステージの勘からは遠ざからないでいなさい。プロならば、立てる舞台があるならそこから逃げるべきではないでしょう？」

ぐ、とナオキは言葉に詰まる。鞠子の言うとおりだった。どれだけ日本に滞在するかはまだ決めていないが、この国でどこかのバレエ団に入るとしても、他の国へ行くとしても、教師の指導は受けるべきだし、役が与えられたなら舞台に立つべきだ。

「……わかりました」

不承不承頷くと、目の前の鞠子がほっと息をついて、いからせていた肩から力を抜いた。

「早速、このあとのレッスンに出てもらうわ。清親、案内してあげて。シューズやウェアは体験レッスン用のものがあるから今日はそれを使ってちょうだい」

はい、と清親が立ち上がるので、ナオキもあとに続いた。階段で二階におりて、バレエシユーズとTシャツ、スウェットを借りて着替える。

スタジオは天井が高く、広々と開放的だった。隅にグランドピアノが置いてあり、すでにピアニストが位置についている。集まっていた二十人ほどのダンサーが、清親と一緒に現れたナオキを見てぴたりと静まり返った。

青い鳥を空けてレッスンをしていたというなら、その穴を埋めるナオキのことは、彼らも聞いているのだろう。興味、好奇心、気後れ。静まり返ったスタジオの中、そういう気配がナオキに向かってなだれ込んでくる。思わず立ち止まると、清親が面倒そうな仕種でナオキの腰に手を添えスタジオ内へ押しやった。

「意外だ」

「なにが」

「もっと、反発や敵意があると思っていた」

『眠れる森の美女』第三幕の、青い鳥とフロリナ王女のパ・ド・ドゥは、クラシックバレエでは珍しく男性ダンサーの見せ場が多く、王子に次ぐ花形の役として有名だ。ナオキが飛び込んでこなければ、この役はバレエ団の他のダンサーが踊っていたはずなのだから、疎ましがられて当然だと思っていた。

ナオキの呟きに、清親は「馬鹿だな」と言わんばかりの仕種で肩を竦《すく》める。

「パリのガルニエ宮で踊ってたダンサーを敵視するやつなんかいねえよ。レベルが違う。どうぞようこそゲストダンサー様だ」

「そういうものか」

「そういうものだろ。おまえがうまくないって言う俺が、王子をやるんだ」

険のある言いかたに、ナオキはかたわらの清親を見た。

「俺はそういう意味で言ったわけじゃ……」

パン、と背後でてのひらの鳴る音がした。振り返ると、鞠子がすらりと立っている。

「はじめますよ、バーについて」

ダンサーたちが、それぞれ壁際のバーに散っていく。ナオキも空いた場所についた。

「それから、私の息子のナオキです。一昨日《おととい》パリから帰ってきました。前から言っていたように、来月の公演で青い鳥を踊ってもらいます。よろしくね」

軽く紹介され、ナオキも小さく頭を下げる。

帰ってきたと、どういうつもりで鞠子は口にしているのだろう。ナオキに帰る場所があるとしたら、自分を育てたパリしかない。

だけど本当なら、ここがナオキの帰る場所だったはずなのだ。自分の家族がいる国。ナオキの身体は日本人だ。

ピアノの音に思考が止まり、自然とレッスンへ集中する。自分が日本人かフランス人かを考えるのは、とっくの昔にやめていた。学校の寮の小さなベッドで、ナオキをやさしく抱きしめて、アルベリクが言ってくれたからだ。

『ナオキはバレエダンサーだよ。それだけじゃだめなの？』

それでいいのだと思った。


クリスマスの日曜日、バレエ団のレッスンは午前中で終わった。団員たちはみな気忙《きぜわ》しいようすで帰ってゆく。来月の公演でナオキとパ・ド・ドゥを踊るのは、バレエ団付属の教室に通う十七歳の少女だ。彼女も、午後からは塾なんです、と、レッスンが終わるとセーラー服に着替えてまたたくまに帰って行った。

日本では、ダンサーという職業で食べていくのは難しいそうだ。聞けば清親も、ナオキと同じ二十一歳で、いまは冬休み中の大学生だという。団員たちも、ほとんどがアルバイトなどで生計を立てながら、なんとかレッスンの時間を確保しているような状況らしい。

「それでも高郷バレエ団は、公演の数も多いし、少ないけれどダンサーには出演料を払っているよ。日本では珍しいんだ」

父が、ナオキのノートパソコンに向かいながらそう説明する。

パソコンは、正しくはアルベリクが使わなくなったものをナオキに譲ってくれたものだった。「インターネットに繋《つな》げれば電話ができるから、日本に着いたらかならず設定して」と言われていたのを、昨日突然思い出したのだ。自分ではどうすることもできず父に連絡をしたところ、こうして部屋を訪ねてきてくれた。

「レッスンのときに、そういう話はしないのかい？」

「そういう？」

「意見交換とか。ナオキのこと、みんな知りたがるだろう？」

ナオキは曖昧に首を振った。

バレエ団のレッスンに合流して一週間ほどだが、いまだ他の団員たちには遠巻きにされている。動物園の珍獣にでもなったような気分だった。

ひとつの作品を作り上げる仲間だ、こちらから話しかけることも必要かもしれない。そう思うこともあるが、ナオキはもともと引っ込み思案で、ひととの交流は不得手だった。バレエ学校時代も、バレエ団に入団してからも、ナオキの手を引いてくれたのはいつもアルベリクだった。彼は華やかでセクシーで、かつ明るく、どんなところにも物怖《ものお》じしないですんなりと馴染んでゆく。おいで、とアルベリクが差し伸べてくれた手に摑まるだけで、ナオキは労せずひとの輪に入っていくことができた。

アルベリクがいないとなにもできない。ナオキが日本にやってきた理由のひとつに、そういう自分を変えたいという思いもあった。

遠く離れれば、いやでも自分ひとりでやっていかなくてはいけなくなるだろうと思ったのだ。けれど、実際はそう簡単にはいかない。

「清親くんとは？　仲良くしている？」

それにもナオキは黙って首を傾げた。

バレエ団のレッスンはもちろん、アパートの二階のスタジオでも清親とは顔を合わせる。けれど言葉を交わすことはほとんどなかった。大勢でのレッスンでは他の団員たちと談笑をしているので、無口なタイプというわけではないらしい。だから、個人的に、ナオキのことを気に入っていないのだろうと思っている。

「彼の実家は長野でね、大学進学と同時に上京してバレエ団に入ったんだ。僕はバレエのことはよくわからないけれど、礼儀正しくて、真面目ないい子だよ」

なるほど、父は清親のことをよく知っているのだなと思った。けれど父は、ナオキに清親のことを教えることはできても、清親にナオキのことを教えることはできないだろう。

「よし、できたよ。これが電話サービスの画面だ。ビデオ通話もチャットもできるよ。これがアルベリクくんかい？　ずいぶんハンサムだな」

アルベリクがすでに登録しておいてくれたのか、画面の端に彼の顔写真のアイコンがぽつんとあった。金の巻き毛に青い瞳。離れてまだほんの少ししか経っていないのに、ずいぶん懐かしいように感じられた。

「うん、そう。俺の大切な、――友人です」

クリスマスの食事の誘いを断って、帰る父を見送った。部屋に戻ったが、他にすることもないので着替えて下のスタジオに向かう。

ドアを開けると、スタジオには清親がいた。『眠れる森の美女』の、王子のヴァリアシオンが流れている。ナオキは簡単にバーレッスンをしながら、時折鏡に映り込む清親を見るともなしに眺めた。

思い切りのよい、ダイナミックな跳躍。ピタリと決まるアラベスク。目を惹くポイントは多い。

「……きみ、そこ猿みたいだな」

ナオキの声に、清親の動きが止まった。曲だけが流れてゆく中、清親が荒い息に肩を上下させながら「は?」とナオキに目を向ける。ナオキも清親の苛立《いらだ》ったような表情を見返した。

「タン・タタン・タン、のところ。腕がこう、――猿みたいになる」

説明がわかりづらかっただろうかと言いなおしたが、他にたとえが見つからず、「猿」と繰り返してしまう。すると清親がカチンと腹を立てたのが、目に見えてわかった。

ピリピリとした沈黙に、ナオキは困惑して視線を床へ落とした。アルベリクのアドバイスを思い出すが、笑顔も踊るのも、この場には不似合いだ。そうしたらやはり、あとは言葉しかない。

「すまない。その、俺は日本語があまりうまくなくて」

「日本語がうまくないって、おまえ日本人だろ」

「そうなんだろうけど、バレエ学校に入ってから、日本語はまったく話さなくなったから」

ナオキの説明に、清親がわずかに目を瞠った。

「十歳までは母と一緒にいたから、それまでは日本語も話していたんだと思う。だけど学校ではフランス語しか使わないから、日本語はほとんど忘れてしまったんだ。去年かな、アパートの近くで日本人夫婦がカフェを開いて、そこへ友人と行ったとき、はじめて自分がほとんど日本語を話せなくなっていることに気付いたんだ」

信じられない、と言うように清親がますます目を瞠らせる。

そのカフェにはじめて行ったとき、ナオキ自身も驚いた。オーナー夫婦の日本語はほとんど聞き取れなくて、きょとんとするしかなかった。そのようすをアルベリクがたいそう嘆いて、日本語を学ぶための教材を集めてくれたのだ。それでナオキは、なんとなく思い出すのと、新しく覚えるのとが半々くらいの割合で、日本語を取り戻している。

「てことは、読み書きは？」

「ひらがなはだいたい読めるけれど、漢字はまだ全然だ」

正直にそう答えた。勉強するようになって気付いたのだけれど、鞠子は日本の文字をナオキにまったく教えなかったようなのだ。だからナオキがいま綴れるのは、見よう見まねのひらがなと、自分の名前がせいぜいだった。

「――なるほどな」

清親は、ため息をつきながらミニコンポのボタンを押してＣＤを止める。

「おまえに悪気がないのはわかったよ。いちいち引っかかったほうが負けなんだな」

「いや、勝ち負けではないと思うが」

ナオキの返しに、清親は鼻白んだような表情を向けた。それからしばらくナオキの顔をまじまじと見て、またため息をつく。

「……天然なのもわかった」

「天然？　すまない、どういう意味だろうか」

「いい。褒《ほ》めたんだ」

面倒そうに説明を省こうとする態度に、ナオキも少しむっとする。

「そうは聞こえなかった」

食い下がると、清親がほんの少し唇《くちびる》の端を上げて笑った。清親が自分に笑顔を向けたのはこれがはじめてだ。なんとなく、急に距離が縮まったような気がして、胸がそわそわと落ち着かない。

そのあとは清親が中央を譲ってくれたので、ナオキが青い鳥を踊った。

高く、軽く跳ぶこと。足先をばたつかせないこと。バッチュ――足を打ちつけるパを意識しすぎて手の表情を疎かにしないこと。力強く、軽やかに、鳥のように。

進級や昇級の際のテストの課題曲には、この青い鳥のヴァリアシオンがたいてい入っていた。けれど、ナオキはいままで青い鳥を選んだことはない。見るのは好きだけれど、自分のイメージではないと思っていたからだ。

ナオキが一曲踊り終えると、清親が低く唸《うな》った。

「おまえだけ、違う重力の世界にいるみたいだな。本当にきれいだ。指先のちょっとした動きとか、視線のひとつまで、全部。いままでの青い鳥のイメージとはちょっと違う気がするけど、そういうのもアリなのかもしれない」

考え込む清親に、ナオキは「いや」と首を振った。

「違うのはだめだろう。自分でもわかっている。青い鳥にはもっと、……自己主張、違うな、自信？　うまく言えないけれど、そういうものが必要なんだと思う」

「自信、――ないのか？」

意外そうに問われて、ナオキは清親を振り返った。嫌味を言っている表情ではない。彼には自分が、自信満々の人間に見えているのだろうか。偉そうに忠告めいたことを言ったから、そう思われても仕方ないのかもしれない。

「ないとは言わない。だけど、外に溢《あふ》れ出すほどは持っていない」

世の中のダンサー全員が自信に満ち溢れているわけではない。つまり、それを持っていると思い込むこと、持っているように見せることが必要なのだ。

胸を張って堂々と振る舞うこと、男性的な力強さを持つこと。

基礎は充分に備えているつもりだ。けれど、自分にはまだ、決定的に足りないものがある。

それは、自覚していても努力や練習で得ることはできないもので、だけどそれがなければこの先プロのバレエダンサーとしてはやっていけない。

清親はナオキを見てきれいだと言うけれど、優雅でうつくしいだけではだめなのだ。

「もしかしたら」

思案げにしていた清親がそう言って顔を上げる。

「え？」

「鞠子先生は、だからおまえに青い鳥を踊れと言ったのかもしれないな」

「――だから？」

ああ、と頷いて、清親はそれ以上はなにも言わなかった。

だから鞠子はナオキに青い鳥を踊らせる。

なにが「だから」なのか、ナオキにはわからなかった。


『久し振り、ナオキ。元気でやっている？』

ノートパソコンの画面の向こうで、金髪碧眼《へきがん》の王子様が優雅に微笑《ほほえ》む。ナオキは「元気だよ」と笑って答えた。

『日本はどう？　楽しい？』

アルベリクの穏やかな問いかけに、ナオキは正直に「わからない」と首を振る。

「もっと、なにか、しっくりくるとか、ぴったりはまるとか、そういうことを期待していたんだ。だけど、なにか、なにもなかった」

『日本はきみの国ではなかった、ということ？』

「たぶんね」

ナオキが肩を竦めると、アルベリクは柔らかく苦笑した。たったひとつ年上なだけなのに、アルベリクはいつも年の離れた兄のようにナオキに接する。

『なら、もう帰っておいで』

子供のようにこくんと頷きそうになって、ナオキはすんでのところで踏みとどまる。引きかけた顎をひゅっと上げたナオキを見て、アルベリクが「残念」と茶目っ気たっぷりに笑った。

「だって、それじゃ、バレエ団を辞めた意味がないから」

ナオキにとって、バレエ団を辞めるというのは大きな決断だった。ガルニエ宮のバレエ団は、名門中の名門だ。それになにより、ナオキはガルニエ宮の、受け継がれてゆく伝統のうつくしさが好きだった。

そこを、離れると決めたのは――。

『オラール先生に言われたこと、気にしているんだね』

痛ましげにこちらを見つめるアルベリクに、ナオキは目を伏せた。

オラール先生は、ナオキがバレエ学校の第六学年――入学した十歳のときの担任教師だ。いまはバレエ団で、団員の指導にあたっている。小さい頃からナオキには特別目をかけてくれていて、アルベリクにナオキの面倒を見るようにと言ったのも彼だった。長期休暇に自宅へ招いてもらったこともある。やさしくて熱心で的確なひとで、尊敬する教師を挙げろと言われたらナオキは真っ先にオラール先生を思い浮かべる。

だから、理不尽に厳しく叱《しか》られたわけではない。けれど、はじめての大きな役から外されて、バレエ団の応接室で懇々と諭された。

オラール先生との話し合いは三時間に及び、そのあとナオキは二日レッスンを休み、その翌日に退団届を提出して、父に手紙を書いた。そしていま、こうして日本にいる。

『ジークフリート王子、踊りたかった？』

「それは、もちろん」

ナオキに与えられていたのは、『白鳥の湖』の王子役だった。クラシックバレエの王道だ、踊りたかったに決まっている。王子のヴァリアシオンは去年昇級コンクールで踊った演目で、それでナオキはたったひとつだけ空いた、スジェという地位に就いた。だから、このヴァリアシオンには少し自信があったのだ。主役を任されるのははじめてだけれど、白鳥の湖なら大丈夫だと思った。

けれどそれを取り上げられた。

ショックだったし、悔しかった。だけど、薄々自覚はしていたのだ。自分には欠けているものがある。それをオラール先生に指摘された。

「踊りたかったよ。だけど、踊ったらいけないんだと理解した。オラール先生は正しい」

『踊ったらいけないなんてことなかったよ。ナオキはスジェじゃないか。実力は誰もが認めているのに』

ガルニエ宮は、完全なピラミッド社会である。入団した年のカドリーユからはじまり、コリフェ、スジェ、プルミエ、エトワールと続く階級制だ。もちろん、上にあがるほど人数はぐっと絞られる。毎年バレエ団の中で昇級コンクールが開かれるが、空いた枠がなければ昇級者はないし、枠はあってもコンクールで昇級の該当なしとなる場合もあった。

『ナオキは頑固だね』

最近、他の誰かにもそう言われた気がして記憶を辿る。すぐに父の言葉を思い出した。頑固なところは鞠子に似たのかな。思わず顔をしかめると、アルベリクが「どうかした？」と首を傾げた。

「なんでもない」

『そう？　ところでナオキ、うちの両親が話したがっているけれど、呼んでも？』

もちろん、とナオキが頷くと、画面にアルベリクの両親が映った。アルベリクの、金の髪は母親譲りで、青い瞳は父親譲りだ。まあナオキ、とアルベリクの母親がカメラに顔を近付ける。大写しになったつややかな肌に、ナオキは苦笑した。

『今年も当然一緒に帰ってくるんだと思っていたのに、アルがひとりで帰ってくるものだから驚いたわ！』

「ごめんなさい」

『聞けば日本にいるっていうじゃない！　寒くないの？　風邪《かぜ》なんかひいていないわね？』

「大丈夫、パリのほうがずっと寒いよ。ママンは元気？」

『新年にナオキがいないのに元気なものですか！』

『ほら、そんなふうにナオキを責めるものじゃないよ』

「新年……」

ぼんやりとしたナオキの呟きに、家族三人が揃って呆《あき》れ顔になる。

『日本も大晦日《おおみそか》だよね？　ナオキ』

言われてはじめて、今日が大晦日だと気付く。

「そうだね。忘れてた」

『ならもしかしてナオキ、ひとりで新年を迎えるの？』

アルベリクがひっそりと眉を寄せる。ナオキはこれまで、冬も夏も、長期の休みのほとんどをアルベリクの実家で過ごしてきた。ナオキがなにを思ってどう育ってきたのかを、一番よく知っているのはアルベリクだ。日本に来たからといって、ナオキがすぐに親と打ち解けて一緒に過ごしたりしないと察したのだろう。

『それは寂しいね。やっぱり僕も一緒に行くんだった』

「アルベリクは公演の予定が詰まってるだろ」

『だけど、少しくらいなら休みをもらってもバチは当たらなかったよ。ナオキだって、僕と一緒のほうがいいだろう？　僕だって、いつかナオキと日本を旅行しようと思っていたから、一緒に日本語を習っていたのに』

「……でも、これは旅行じゃないから」

これがオフシーズンの旅行なら、アルベリクと一緒に来たかもしれない。けれど、今回の旅は違う。ナオキはひとりで来なければいけなかった。

『……そうだったね。そこでナオキ、ビッグニュースだ』

「なに？」

『僕、来月の日本公演に参加することになったよ』

え、とナオキは目をまたたかせた。たしかに、バレエ団のスケジュールに一月の日本公演は組まれていたが、アルベリクは参加メンバーには入っていなかったはずだ。

『ローランが足を痛めてね。代わりに僕が『ジゼル』に出ることになったんだ』

「アルが代役？　そんなの無茶苦茶だ」

『だって僕も日本に行きたかったんだもの。詳しい日程はまた今度話すから、そちらに着いたら案内を頼むね。楽しみにしてるよ』

「案内って、でも、アルベリク」

『それじゃナオキ、オルヴォワール！』

　ナオキを驚かせて言いたいことだけ言って、通話が終わる。

　パソコンを閉じてしまうと、急にシンと寒い静かさが気になった。リモコンを手繰り寄せてテレビをつけてみるが、逆にそらぞらしくて取り残されたような寂しさが募る。さっきまでは寂しいなんて少しも思わなかったのに不思議だった。

　時計を見ると、午後七時に近い。ナオキはテレビを消して部屋を出た。階段を下りて、スタジオのドアを開ける。ここもシンと寒かった。ナオキにとっては、レッスンスタジオといえば同級生やバレエ団の仲間がいて当たり前の場所だ。寒く沈んだスタジオに、ふるっと背中に震えが走る。

　電気をつけて、隅にあるミニコンポに歩み寄った。横に乱雑にCDが積み重ねられている。眠れる森の美女、くるみ割り人形、白鳥の湖、ドン・キホーテ、ロミオとジュリエット。清親の私物だろうか。熱心なんだなと思う。

ＣＤを眺めていると、背後でドアの開く音がした。他に訪れる者もいないので清親だろうと思って振り返ると、やっぱり彼だった。スウェットにＴシャツ、フリースのネックウォーマー。レッスンをしに来たのだと一目でわかる。

「おまえ、帰らないのか」

清親の問いに、ナオキは小さく首を傾げた。

「公演で役をもらっているのに、投げ出して帰るようなことはしないが」

ナオキの答えに、今度は清親が首を傾げる。そして少ししてから、合点《がてん》がいったような顔をして「そうじゃない」と言った。

「鞠子先生のところにだ」

ナオキもようやく清親との話の食い違いに気付く。

「きみこそ帰らないのか。どこか、べつの土地の出身なんだろう？」

清親の出身について、父がどこかの地名を口にしていたが、知らない響きで覚えられなかった。ナオキに問い返されるのは予想外だったのか、清親が「いや、俺は」と言葉を濁す。

「交通費もかかるし、年末年始だからって理由だけで帰ることもないと思って」

「そうか、きみも寂しいな」

「……いやべつに、寂しいなんてことは」

同情の色を浮かべたナオキに、清親がうろんげな目を向ける。

「そうだ、きみさえよかったら、一緒に年越しをしないか？」

「は？」

ナオキの提案に、清親がギョッと目を瞠った。そんなにおかしなことを言ったつもりもなかったけれど、清親の反応にナオキも口を噤《つぐ》む。奇妙な沈黙がスタジオに満ちる。暖房がついていないせいで寒くて、ナオキがひとつくしゃみをすると、清親がはっと我に返ったような顔をした。

「……まあ、いいか」

吐息混じりに清親はひとりごち、あらためてナオキに目を向けると「俺の部屋に来るか？」と言った。

「ありがとう、お邪魔する」

清親の部屋の間取りはナオキの部屋と同じだったが、雰囲気はまるで違った。まず、玄関で靴を脱ぐというところから違う。ナオキは当たり前のように部屋を土足で使っていたが、そういえば、日本は違うと聞いたのをいまさら思い出す。

そして、ナオキの部屋ではテーブルとソファがある場所に、布団をかぶった机のようなものが置いてある。はっとナオキは息を呑んだ。

「これがコタツというもの？」

「そうだけど……、もしかしてはじめてか」

「ああ。話には聞いたことがあるけれど、見るのははじめてだ」

物珍しくて、こたつの前に立ってじっと見下ろしていると、清親がにやりと笑う。

「それならどうぞ、王子様？」

こたつ布団をめくり上げて促され、ナオキはそろそろと中に足を入れた。清親が腰までこたつ布団をかけてくれて、みかんをひとつナオキの前に置く。

「――これは、すごいな。あったかい」

「だろ？」

清親が自慢げにするのがおかしくて、ナオキはちょっと笑った。すると、ナオキの九十度横の場所でこたつに入ろうとしていた清親の動きがぴたりと止まる。

「キヨチカ？」

「あ、いや」

清親はサッとナオキから目を逸らし、誤魔化すようにテレビの電源を入れた。日本では、大晦日といえばテレビで放送される歌合戦なのだそうだ。知らない音楽が興味深くて見入っていると、清親がキッチンに立った。

しばらくして出てきたのは日本蕎麦《そば》だ。

「蕎麦は？　食ったことあるか？」

「はじめてだ」

出汁《だし》のいい香りがするが、箸を出されて、手をつけるのをためらう。

「どうかしたか？」

「いや、その……」

隠しても仕方のないことだ。ナオキは姿勢よくどんぶりを見下ろしながら打ち明ける。

「俺はその、箸がとても苦手で……」

「ああ、フォーク出すか？」

「いや、うまくなりたいからできれば使いたい。ただ、きみに不愉快な思いをさせたら申し訳ないと思って。作ってもらったものを粗末に扱っているつもりはないんだ」

「おまえがフランス育ちなのは充分理解したし、そんなの気にしねえよ」

清親は軽く答えて、ずぞ、と蕎麦をすする。ナオキも清親を真似て、箸ですくった蕎麦をそろそろとすすった。

「おいしい」

「そうか？　こんなの乾麺を茹《ゆ》でただけだし、蕎麦屋で食えばもっとうまいぜ」

清親はそう言うが、こたつがあたたかくて、蕎麦があたたかくて、一緒に食事をする相手がいて、だからおいしいのだと思った。箸はやっぱりうまくは扱えなくて、蕎麦はするするすべって食べづらい。だけどおいしい。そういう気持ちを噛《か》みしめる。

そのあと、清親に「酒は飲むのか」と尋ねられ、少しと答えたら日本酒をすすめられた。

甘くて喉《のど》を熱く通ってゆくアルコールは、いままで付き合い程度でたまにだけ口にしてきたワインやビールとはまったく違う。少し飲んだだけでくらくらして、目元がぽわんとゆるまり、ナオキは、ふわ、とあくびをした。

「おい、眠いのか？」

「――ん」

「まだ新年にならねえぞ」

「ン……」

夢うつつで返事をする。うっすらと汗ばんだ額に、冷たい指がやさしく触れたような気がしたけれど、夢だったのかもしれなかった。

喉が渇いて目が覚めた。ぼんやりとまばたきをして、自分がいる場所を把握する。清親の部屋だ。じっとりと汗をかいているのは、腰から下がこたつに入っているせいだった。這い出るようにして起き上がると、こたつの天板に伏せて眠る清親がいる。

音量は絞られていたが、テレビがついたままだ。着物姿の男女が楽しそうに笑っているのを眺めていたら、清親が目を覚ました。

「おはよう」

「……おう、はよ」

眠たげに目をしぱしぱさせて、清親がぐるりと首を回す。

「俺のせいで、布団で眠れなかった？」

同じ間取りなのだから、清親の寝床もロフトの上にあるのだろう。そこへ上がらなかったのは、ここで眠るナオキに気を使ってのことだったのかもしれない。そう思って「すまない」と謝ると清親はバツが悪そうに目を逸らした。

「いや、おまえが寝たなあと思って見てたら、そのまま自分も寝てたってだけだから」

清親はぼそぼそとそう言いながら、こたつから出て立ち上がる。そして大きくその場で伸びをして、ふとなにかに気付いたようにナオキを見下ろした。カチ、と嵌まるようにして目が合う。

「――初詣、行くか」

「ハツモウデ？」

「日本では正月に、神社か寺にお参りに行くんだ」

「きみが、連れて行ってくれる？」

「おまえがいやじゃなければな」

清親が自分を誘ってくれるというのが意外で、だけど嬉しかった。

「もちろん行きたい」

即座に答えると、清親はぱちりとまたたいて、「おう」と戸惑うように、照れるように目を逸らす。

支度をして戻る約束をして、一度自分の部屋に帰った。手早くシャワーを浴びて、着替えて廊下に出る。廊下では、ピーコートとジーンズという姿の清親が、自分の部屋のドアにもたれてナオキを待っていた。

「どこに行こうか考えたけど、やっぱり定番だよな。おまえ人ごみ大丈夫か？」と訊ねられたので「得意ではないけれど、倒れるなんてことはないよ」と答える。

電車に乗って辿り着いたのは、清親が言ったように本当に人ごみだった。どこが目的地なのかもわからず、道の先を見ようにもとにかくひとの頭ばかりだ。

「すごい。日本人は今日全員ここに集まる決まりが？」

「日本人こんなに少なくねえよ」

じりじりと進むと鳥居があって、神社があった。ぎゅうぎゅうと押し合うようにしながら、作法もなにもなく、清親に言われるまま小銭を投げて手を合わせ、脱出する。

「……すごいな。大晦日のシャンゼリゼ通りだってこんなにならない」

「想像以上だったな」

隣の清親も、だいぶ体力を削られたようで、うんざりとした顔だ。彼のことをよく知っているわけではないけれど、ひとの集まるところに好んで出かけてゆくようなタイプには見えなかった。ナオキに日本を見せるために、わざわざここを選んでくれたのだろう。

「キヨチカ」

「ん？」

「ありがとう」

「……おう」

帰りは人ごみを避けて、行きとは違う駅まで足を伸ばした。

しばらく歩くと、さきほどまでの大賑わいが嘘《うそ》みたいにひとが減る。車の通りも少なく静かだ。ナオキは真っ青《さお》な空を見上げて、ゆっくりと息をした。風もなく、穏やかによく晴れて、いい天気だ。パリは冬の日照時間が短く、薄曇りの日が多いので、寒いのにキリリと晴れた日本の空が、ナオキの目には鮮やかに映る。

「上ばっかり見てると転ぶぞ」

言われたそばから、ナオキは平坦なアスファルトでよろりと身体を傾げさせた。清親が咄嗟に手を伸ばして腕を摑んでくれなかったら転んでいたかもしれない。

「ありがとう」

「前見て歩けよ。子供か」

呆れ顔の清親が、ナオキの腕を摑んだままぐいと引いて歩き出す。引っ張られる感覚は昔から嫌いじゃなくて、ナオキはおとなしく清親に従った。

「——キヨチカ」

「なんだ」

「見て、スケートリンクだ」

通りを挟んだ向かい側に、常緑樹に囲まれた公園があって、木のあいだをチラチラとひとが行き交うのが見えた。スピードも動きも歩いているようには見えなくて、目を凝らして見つめるうちに、氷の上を滑っているのだとわかった。

「リンク……」

清親が、無意識のように足を止める。ナオキは黙って清親の横顔を見た。

郷愁だろうか。いつもよりずっとおとなびて、遠くを見るまなざしだった。惹き込まれるように見つめていたら、自然と言葉が転がり出た。

「行ってみよう」

「行くって、おい」

ナオキがちょうど青になった横断歩道を渡って公園へ向かうと、清親も渋々といったようすでついてくる。

スケートリンクは小さかったが、元日のせいかひとは少ない。氷の上には子供が数人いて、外周で見守っている親に手を振っている。

「滑りたい？」

訊ねると、清親はリンクを見つめたまま「いやべつに」と呟いて、それからしばらく黙ってから「そうだな、少し」と答えを訂正した。頑固そうな顔つきをしているのに、素直なのが意外だ。

リンクの横に受付があって、そこで靴を貸してもらえるらしい。清親はさっとそちらへ歩いていって、戻ってきたときには手にスケート靴を二足持っていた。片方を差し出され、ナオキは驚いて一歩足を引いた。

「いや、俺はここで見ているから」

「なんだよそれ」

「スケートなんてしたことないんだ。怪我《けが》をしたくない」

ふうん、と清親はしらけたように鼻を鳴らし、ナオキの前に一足を放って、自分は慣れた手でスケート靴を履いた。

履いたら怪我をするかもしれない。だけど、身につけたら、経験したことのない景色や世界が見えるのかもしれない。そういう意味では、スケート靴はトウシューズに似ていると思った。トウシューズも、身近にはあるのに未知の履き物だった。履くくらいならできるだろうけれど、自在に操るとなると話は別だ。まさに、血の滲むような訓練が必要で、だから、履いて踊れと差し出されても受け取れない。トウシューズも、スケート靴も。

清親がリンクに出て行く。

「――――」

軽くひと蹴りして滑り出すそれだけのことが、もう普通とは違った。

ナオキはまばたきも忘れて、リンクの外から清親を見つめる。

まるで歩いているみたいな軽さで、清親はあっという間にリンクを一周する。二周目にはぐっとスピードが上がった。するりと身体を後ろ向きに変えたり、波線を描くように滑っていったりする姿は、ひとではなくて、鳥のように見えた。

ぐっと清親の身体が沈み、いとも簡単にくるくるっと宙で回る。ラフに数歩蹴って、また跳んだ。

真っ青な空と、白銀の氷。それから、なんでもない普段着の清親。

きれいだ、と思う。他に言葉が見つからなかった。

「ナオキ」

シャ、と音を立てて、清親がナオキの目の前に止まる。

「要は、怪我しなきゃいいんだろ？　なら手繋いでやるから来いよ」

今度は、言われるままにスケート靴を履いた。清親が一緒なら大丈夫だろうと思えたし、なにより、氷の上を滑ってみたかった。

清親が差し出した手に指を乗せる。

「なんだか、変な感じだ」

普段は自分が手を差し出して、パートナーを支える側だ。逆の経験はない。清親にぐっと力強く手を握られてリンクに導かれ、気恥ずかしいような安心するような、不思議な感覚を覚えた。

氷の上、清親と向かい合って両手を繋ぐ。

「まっすぐ立てよ、下は見ない」

姿勢よく立つこと。初歩の注意はバレエと同じで、ナオキは膝と背中を意識して伸ばした。ぐらぐらと身体が不安定に揺れるけれど、清親が支えてくれるのでなんとか立っていられる。清親が、ゆっくりとナオキの手を引いて後ろ向きに進む。するとナオキの身体も、すう、とまっすぐに進んだ。リンクを囲む壁が遠ざかる。ナオキは、電車がゆっくりと駅舎を離れるようすを思い浮かべた。よく似ている。

全身をぴたりと硬直させて、引っ張られるままのナオキに、清親が「蹴ってみろ」と言った。

「蹴る?」

「歩くのと同じだ。足を出せば進む」

「でも」

「大丈夫だ、支えてるから」

清親の手がナオキの手を手繰り、掴む位置を手首に変えた。てのひらだけを預けているよ

りずっと身体が安定する。ナオキも清親の手首をきゅっと摑み、おそるおそる片足を蹴って一歩前へ踏み出した。

清親が引く力もあいまって、ぐんと一気にスピードが上がる。

びゅ、と強い風が身体に当たり、周囲の景色が搔《か》き消えた。片足では立っていられなくて、次の足を踏み出してしまう。さらにスピードが上がって、ナオキは「ひえ」と情けない声を上げた。

「なんだよ、いまの声」

耳のそばで風が鳴る音に、清親の笑い声が重なる。驚いて顔を上げると、子供みたいに笑う清親が間近に見えた。視界がチカチカと眩《まぶ》しいのは、足元の氷を反射しているせいだけだろうか。

冷たく凍った空気を吸い込むと、なんだか、空高くにいるような気分になった。視界がいっぱいに広がり、身体が膨らむみたいに感じた。

青い鳥のヴァリアシオン。曲の冒頭が身体から湧き上がるように響く。

そしてナオキは、思い切ってもう一度、強く氷を蹴った。

氷からおりて、靴を履いて歩き出すと、なんだか足元がふわふわと覚束《おぼつか》なかった。さっきまでは、たったひと蹴りでどこまでも進んでいけたのに、地上では踏み出した一歩分しか前へ進まない。当たり前のことなのにすごく不思議で、ナオキはひょこひょこと弾むような足取りで道を歩く。

あのあとも、清親に手を引いてもらったまま、リンクを何周も回った。清親にもういい加減に帰ろうと言われるまで、時間なんて少しも気にならなかった。そのくらい、たぶん、楽しかったのだと思う。

バレエ以外のことに、時間を忘れて夢中になるなんて、はじめての経験だった。

「でもキヨチカ、スケートはすごい。時間の流れかたも、重力も違うみたいで、空を飛んでいるみたいだった。すごいな」

興奮気味にナオキは喋り、そこでいったん咳《せ》き込んだ。当然だが氷の上はとても寒く、はじめは冴《さ》え冴《ざ》えとして心地よく感じた凍った空気も、長く吸っているうちに息苦しくなっていった。喉が狭まる感覚はなかなか元に戻らず、さっきから時折咳《せき》が出る。

隣を歩く清親がチラとナオキを見て足を止める。そしてすぐ脇にあった自動販売機にコインを入れて、出てきた小振りのペットボトルを「ほら」とナオキに差し出した。礼を言って受け取るとほかほかとあたたかい。蓋を開けて口をつけると、日本茶の甘いような苦いような独特の味が広がった。

唇も鼻先も頬も、凍りついたみたいにしびしびと冷たい。なのに、手指はそれほど寒いと感じないのは、ずっと清親と手を繋いでいたせいだろう。そう自覚するとなんとなく気恥ずかしい。

「ああ、だけど本当にすごい。あんな空気の中で、ジャンプしたり回転したりしていたんだよな？　キヨチカ！」

ほとんど踵《かかと》をつけず、小さく跳ねて進みながら、ナオキは後ろを歩く清親を振り返った。

ナオキの勢いに、清親はぽかんと口を開ける。

「キヨチカ？」

「……日本語で頼む」

清親にそう言われ、ナオキははじめて自分がフランス語で喋っていたことに気付いた。恥ずかしくて、頬が熱くなる。踵を地面におろして「すまない」と肩を落とすと、清親は「いいよ」と呆れたように肩を竦めた。

「フランス人って本当にトレビアン！　って言うんだな。それだけは聞き取れた。素晴らしかったならなによりだ」

氷の上を自在に滑ることができる清親にとっては、初心者の手を引いてひたすらリンクを回るだけなんていうのは、単調で退屈なことだったに違いない。けれど清親は満更でもないようすで笑う。

「それで？　なにか俺に訊きたいことがあったんじゃないのか？」

清親が、隣に並んで歩きながら首を傾げてナオキを見る。目が合って、ナオキは清親の、はっきりと黒い双眸《そうぼう》を見つめ返した。

「……きみは、どうしてスケートをやめて、バレエを？」

清親が目を瞠る。ナオキも、自分がどうしてそんなことを訊ねたのか不思議だった。興奮の中、フランス語でナオキが訊ねたのはこれではないと、清親も気付いていたに違いない。けれど、それを指摘することはしなかった。

「スケートのために習っていたバレエのほうが楽しいと思うようになったから、だな」

フィギュアスケートの選手が、練習にバレエを取り入れるという話は聞いたことがある。そうか、とナオキは頷いた。あらかじめ用意されていたような平らな回答で、本当の理由はべつにあるような気がしたけれど、清親が話したくないなら無理に聞き出すことでもなかった。

駅に着いて、地下鉄に乗る。車両は空《す》いていて静かだった。ゴウゴウと暗いトンネルの中を電車がゆく音だけが聞こえる。ナオキはドアにもたれ、清親はつり革に摑まり、会話もなく目的地に着くのを待った。

アパートの最寄り駅で地下鉄をおりて、地上に出る。空は真っ青で、雲ひとつない。鳩だろうか、鳥が一羽、すうと飛んでいくのが見えた。

「だけどキヨチカ」

立ち止まって、ナオキは目で鳥を追いかける。

「氷の上を、滑る、というのはすごいことだ」

「――そうか」

「羽ばたいて、風を切って進む力強さを、少し体験できたように思うんだ。青い鳥、踊れる気がする。はやく踊りたい」

スケートリンクにいたときからずっと、青い鳥のヴァリアシオンが繰り返し頭の中で鳴っている。踊り出しそうに踵が浮いて、ナオキはその衝動を苦心して押し込めた。

ナオキがふわふわとしているのに気付いたのか、清親が苦笑する。

「おまえ、本当にバレエしか知らないんだな」

感心したように言われ、ナオキは清親を振り返った。

「普通はそうだろう」

「普通はそうじゃねえよ」

ふたたび並んで歩き出す。

「バレエだけで育って、生きていくなんて、普通はできない。特に日本では」

けれどナオキには、そのことのほうが難しく思えた。ナオキは小さい頃からずっと、バレエだけで手一杯だった。他のどんなことも、自分の生活の中に取り入れる隙間がない。毎日レッスンをして、リハーサルに出て、舞台に立つ。それ以外にいったいなにができるというんだろう。

「キヨチカ。たとえばきみは、他に、どんなことを？」

困惑がそのまま声に映った。清親はナオキを見て、それから考えるように遠くに目をやった。

「なにって、友だちとフットサルしたり、ボクシングジムに通ってみたり、大学ではテニスのサークルに入ってる」

清親の答えに、ナオキはギョッと目を見開いて立ち止まった。

「そんなに驚くことか？」

「だって信じられない。俺はずっと、バレエ以外の筋肉をつけたらいけないときつく言われて、自転車にも乗れないのに」

バレエ学校では、体型の管理も厳しかった。まず入学自体に身長と体重の規定があるし、在学中も毎年の基準から著しく外れれば退学になる。単純に実力だけの世界ではないのが、ガルニエ宮のバレエ学校だった。

けれど、それはあくまでナオキにとっての常識だ。この国で踊る清親にも、彼の常識はあって当然だった。

「そういえば、ジョギングするなって言われたことがあったな」

はじめてアパートで顔を合わせたときに、たしかにそう指摘した。ナオキにとっては信じられないことだったけれど、清親にはそれが日常なのだといまになってわかる。

「不愉快な思いをさせたんだな。すまない」

ナオキと一緒に立ち止まっていた清親が「いや」と言って歩き出す。ナオキもあとを追った。

「あのときは腹が立ったけど、いまはそういうもんかって思える。……おまえのこと、少しわかってきた気がするよ」

それはナオキもそうだった。

清親のことを少し理解できて、距離が近付いたように思う。そしてなにより、いまよりもっと、清親のことを知りたいと思っている。

日本にいるあいだに、あとどのくらい彼のことを知ることができるだろうか。いつかは、スケートをやめた本当の理由も聞けるだろうか。

灰色のコンクリートの、仮住まいのアパートが見えてくる。青い空とのコントラストがくっきりときれいだ。視界のなにもかもが眩しく感じるのは、新しい年を迎えたせいだけではないような気がした。


部屋に帰ってきてソファに腰をおろし、そのまま寝入ってしまったようだった。うっすらと寒くて目を覚ますと、部屋も窓の外ももう薄暗かった。中途半端に眠ってしまったせいで、身体が重くだるい。ナオキはのろのろと起き上がって水を飲み、着たままだったコートを脱いだ。

脚が浮腫《むく》んできつくなったショートブーツを脱いで、レッスン用のTシャツとスパッツ、ショートパンツに着替える。厚手のパーカーを羽織って二階におりると、ちょうど鍵を開けていた清親と鉢合わせた。後頭部に寝癖のあとがあって、彼もいままで寝ていたらしいのがわかる。清親も、目が覚めきらないナオキの顔に同じことを思ったようだ。ふっと噴き出すのが同時だった。

時間をかけてバーレッスンをして、センターに出る。清親が青い鳥をかけてくれたので、先にナオキが踊った。氷の上の感覚を思い出したら、自然といつもより胸が大きく反った。跳躍の距離も伸びて、ああそうかと思う。高く軽く跳ぶことばかりを意識していたけれど、遠くへ、という感覚が必要だったのだ。

これなら大丈夫だと思った。不安なく、舞台に立てる。

次に清親が『眠れる森の美女』の王子を踊り、それにはナオキがまたいくつか口を挟んだ。腕に勢いをつけないで、正しいポジションできちんと止める。それだけで、ナオキが猿みたいだと指摘した箇所が優雅に直った。

「あときみ、その前のタン・タタンのところは、相撲取《すもうと》りみたいだな」

「……相撲見たことあんのかよ」

「動画で見たことがあるよ。いつか本物を見てみたい」

清親は一度腹立たしげに鋭く息をついたが、「どこだって？」と元のポジションに戻っていく。

「トゥール・アン・レールのあとに、プリエで止まるだろう？　そこだ。おりたあとにポジションを五番に戻そうともじもじするのが見苦しい」

「本当に言葉に配慮ってもんがないなおまえは」

諦めたように清親はぼやいて、ナオキが言った箇所だけを踊る。一度の注意で完璧に修正されるからすごい。勘がいいというのはこういうことをいうのだろう。ナオキが思わず「トレビアン」と手を叩くと、清親が笑った。

しばらくは公演のためのレッスンをしていたが、清親が唐突に「『ラ・シルフィード』が見たい」と言うので促されるままに、第一幕のジェームズのヴァリアシオンを踊った。オーギュスト・ブルノンヴィルによる、細かい足のパが特徴の振付――いわゆるブルノンヴィルスタイルは、ナオキの得意な演目のひとつだ。上半身はあくまで優雅に、足先は弾《はじ》けるように歯切れよく打ち合わせる。

踊り終えて、ナオキも清親にリクエストをした。『ドン・キホーテ』のヴァリアシオンは、ナオキが思いつく限りで一番清親の持つイメージに近い。思ったとおり、華やかでキレのある振付は、王子を踊るよりもずっと清親を自由に大きく見せた。ナオキはこういう、ぴたりぴたりとポーズを止めて決める振付は苦手なので素直に羨ましい。

「おまえのドンキも見てみたいな」

振り返った清親にそう言われ、ナオキは反射的に顔を歪めた。習ったことはあるし踊ったこともあるけれど、こんな清親を見たあとで踊れるわけがなかった。

「意地が悪いな」

「べつに、意地悪のつもりはねえけど」

「なら趣味が悪い」

「俺だって、王子得意じゃないけどおまえの前で散々踊ったろ、これであいこだ」

どういう理屈だと思いながら、渋々踊る。勇ましさも凜々しさもない、どうにも腑《ふ》抜《ぬ》けた自分が鏡に映ってうんざりした。

「庶民って感じはしないな。いいとこのお坊ちゃんだ」

『ドン・キホーテ』の主役、バジルは理髪師なのだ。踊るにあたってそのことをことさら意識する必要はないだろうけれど、港町に住む、庶民の男という部分は絶対になくてはならない要素だった。それが自分に備わっていないのは重々承知している。

「そう考えると、『ジゼル』なんかぴったりなのかもな。次、アルブレヒトやれよ」

「次はきみの番だろう。『パキータ』が見たい」

いいけど、と清親が踊る。『パキータ』も、『ドン・キホーテ』と似たタイプのヴァリアシオンだ。こちらも想像通り、堂々とした男性的な色気があった。

次々に、清親に踊って見せてほしいヴァリアシオンを思いつく。「やったことがない」と言う演目は、その場でナオキが踊って振りを写させた。振り写しもはやい。これもダンサーには必要な才能だ。

清親も、ナオキに次々とリクエストを寄越した。海《うみ》と真珠《しんじゅ》、ゼンツァーノの花祭《はなまつ》り。ナオキが『チャイコフスキー・パ・ド・ドゥ』を踊り終えると拍手が聞こえた。驚いて振り返ると、清親が難しい顔で手を叩《たた》いている。

「ありがとう」

つい胸に手を当てて頭を下げる舞台と同じ礼――レヴェランスをすると、清親は一度俯《うつむ》いてからまた顔を上げて、神妙な表情でしばらくナオキを見つめた。

「なに?」

見つめ返して問うと、清親が目を伏せる。

「――なんていうか、もう、上手いとか下手とかいう次元の問題じゃないんだな」

清親の言葉の意味がわからず、ナオキは黙って首を傾げた。

「優雅で、ノーブルで、顔も身体もきれいだろ。なにか盗んでやろうってつもりで見てるのに、途中でかならず、夢見てるような気持ちになる」

真面目な顔でそんなふうに言われ、ナオキは身の置きどころのないような気分になった。ノーブルだとかきれいだとか、そういう評価は昔からよくもらう。プロのダンサーなら誰だってひとつは長所があって当然だ。ナオキにとって武器になるのは、ひとより優れた容姿と品格だった。

「だけど、長所があるからといって欠点がそれで埋まるわけではない。だけど、キヨチカ、俺は」

胸がざわざわとして、ナオキは縋《すが》るように清親を見た。目が合うと、はっと清親が息を止める。

「…………」

ぎゅる、とナオキの腹が間抜けな音を立てたのはそのときだった。

そういえば、食事をした記憶がない。ナオキが赤くなって俯くと、清親が苦笑いをした。

「メシ、食いに行くか」

これは、外食に誘われたのだろうか。はかりかねて目を向けると、清親は「なんか食べたいものあるか?」と訊いた。「いやべつに」と答えると、清親は「なら牛丼だな、俺が食いたい」と汗を拭きながらスタジオを出て行く。

困惑しながらまた着替えて、廊下で清親と合流した。夜も更《ふ》けて、街は暗く静かだ。街灯と、コンビニエンスストアくらいしか明かりがない。清親は駅の方角へ足を向けて、オレンジ色の看板が煌々《こうこう》と明るい店に入っていく。コの字型のカウンターしかない店内でナオキがきょろきょろしていると、清親は食券を買って店員に渡し、ナオキをスツールの客席へ促した。

コートを脱ぐ間もなく、味噌汁と深いボウルが立て続けに出てきたので驚く。隣から箸を差し出され、清親を真似て両手を揃えてから食べはじめた。

「…………？」

白米の上に、煮た牛肉とたまねぎが乗っているのだった。つゆのしみた米はすくうのが難しく食べづらい。もたもたと苦心していると、清親が呆れたようにナオキを見た。きまり悪くて手を止める。すると清親が、カウンターの中にいた店員にスプーンを頼んでくれた。箸を取り上げられ代わりにスプーンを握らされて、今回ばかりはありがたく使うことにする。

生まれてから、炊いた米は数えるほどしか食べたことがない。アルベリクは寿司《すし》が好きだが、ナオキは正直なところ、米自体があまり好きではなかった。パンのほうがずっとおいしいと思う。

「これは、なんという食べ物だと言った？」

「牛丼」

「ギュードン」

リゾットのようになった米と、切れ端みたいな牛肉、たまねぎの大きな欠片《かけら》。塩からさばかりが目立って、米は好きではなくて、だけど。

「王子様のお口には合わないか？」

「いや」

スプーンですくって、大きく口を開けた。頬張って、もぐもぐと咀嚼《そしゃく》する。

「……おいしい」

清親が、ふっと安堵《あんど》したように微笑む。やさしく滲む苦笑に、なぜだかナオキはどきりとして、逃げるように清親から視線を逸らした。


『眠れる森の美女』の公演は、滞りなく終了した。カーテンコールを終えて、ナオキは舞台袖に下がる。

ジンジンと胸が熱い。ナオキは楽屋へ続く通路に置いてある姿見に、チラリと目をやった。上下ブルーの衣装、髪は後ろへ撫《な》でつけて、青い羽の飾りをつけた自分が映っている。汗みずくだ。だけど、目がやけにキラキラして見えるのは、汗のせいだけではないように思う。

広い舞台、熱いくらいに眩しいライト、みしみしとひとの気配がする暗い客席。久し振りに自分を包んだ緊張感を、ナオキはきゅっと噛みしめた。高揚する。自分はやっぱり、舞台の上で生きる人間なのだと思った。

「おい、ナオキ？」

遅れて戻ってきた主役の清親が、通路を塞いでいたナオキの背中を怪訝《けげん》そうに叩く。振り返ると、落ち着いて見える清親の目の中にも自分と同じ興奮が潜んでいた。

ナオキは自然と、両手を伸ばして清親を抱きしめる。汗に濡れた頰を清親の頰に押しつけると、抱きしめた身体がぎくりと強張った。

「あ、すまない」

ナオキははっとして清親の身体を離す。そうだ、日本人は無闇にハグやキスをしないのだと聞いていた。妙に浮ついた沈黙が、開けた距離のあいだに横たわる。

「――その、ありがとう、キヨチカ」

今日の自分の青い鳥には満足していた。身体がよく伸びて気持ちよく踊れたのは、正月に清親とスケートに行ったおかげだ。氷の上の感覚はいまでも鮮やかに思い出せる。冷たい風を切って進む。ナオキの青い鳥は、迷いなくはっきりとそういうイメージだ。

「そうか。でも、礼を言うなら鞠子先生にだろ」

清親の言葉に、ふわふわと雲の上にいるような気分だったのを、足を摑んで地上に引き戻されたように感じた。

そうだ、たしかに、鞠子がいなければ、こうして日本で舞台を踏むことなんてできなかっただろう。感謝はするべきだった。だけど、素直にありがとうとは言えそうにない。

ナオキが黙って俯くと、清親はため息をついて楽屋に向かっていった。ナオキも楽屋に戻り、衣装を脱いでメイクを落とす。

帰り支度をして廊下に出ると、ちょうどそこに鞠子がいた。斜め後ろには、控えるようにして清親の姿もある。まさか清親がわざわざ、ナオキに礼を言わせるために鞠子を呼んだわけではないだろうとは思ったけれど、愉快ではなくて自然と無表情になった。

「少し話があるの、来てちょうだい」

結構です、と断ろうとして、清親の無言の圧力に逆らえなかった。鞠子と清親のあとについて、楽屋の並びにある小さな会議室へ入る。長机がふたつぴたりと並べられていて、パイプ椅子《いす》が八つ。鞠子が手前の椅子に腰かけ、清親がその正面に座ったので、ナオキは清親の隣ひとつを空けた並びに腰をおろした。

「今日はおつかれさま。ふたりとも、とてもよかったわ」

ナオキは黙って目を伏せる。

普通は、親に褒められたら嬉しいものなのだろうか。

ガルニエ宮で行われる学校公演を毎年見に来ていたアルベリクの両親は、いつもナオキのこともたくさん褒めて抱きしめてくれた。あのときは嬉しかった。照れくさいような誇らしいような、胸がきゅっとする感覚はいまでも覚えている。けれど鞠子の前では心がまったく動かない。

おとなになったせいなのだろうか、それとも。

「三月に、清親をコンクールに出そうと思います」

唐突な話に、ナオキの思考は強制的に中断された。

鞠子からなんの話をされるのか、見当はまるでついていなかったけれど、これは意外だった。そんな話なら、自分が同席する理由はない。ナオキは「そうですか」と頷いた。

「でも、コンクールの本選とうちの公演の日程が被っているの。それで――」

嫌な予感にナオキは立ち上がろうとしたが、鞠子が結論を口にするほうがはやかった。

「清親の代わりに、ナオキに公演に出てもらうわ。演目は『白鳥の湖』です」

白鳥の湖。そのタイトルに、反射的に背中がぞっと冷たくなった。

「勝手なことを。俺は出ません」

「ナオキ」

「今回のことは感謝しています。舞台に上がれてよかった。だけど今後ここで踊るつもりはありません。こちらの事情はあるでしょうけれど、俺には関係ないことだ」

バレエ団ならここをはじめ、日本にもたくさんある。けれど、ナオキはこの国に腰をすえるつもりはなかった。職業として踊れる国でなければ、バレエダンサーとして生きていくことはできない。さいわい自分には肩書きがある。ガルニエ宮のバレエ学校を卒業したということは、世界中のどこのバレエ団でも通用するということだ。

「主役を踊りたいとは思わないの？　ガルニエ宮ではまだ経験がないでしょう」

「ひとの足元を見る言いかたはやめてください。落ちてるものをなんでも拾うようには育っていません、さいわいにも」

「なら言いかたを変えるわ」

「どう言われても踊らない！　『白鳥の湖』は！」

喉から悲鳴のような声が出る。自分はいま、痛みを感じているのだと他人事《ひとごと》のようにナオキは思った。

いやだ、踊りたくない。他人のような母親に、一度取り上げられた役を易しくして差し出されて、受け取れるわけがない。主役は踊りたい。白鳥の湖ならなおさらだ。だけどここでは絶対に踊れない。ナオキにだってプライドはある。強い気持ちが、はじめてはっきりと胸に刻まれた。

「――俺もコンクールには出ません」

冷静な声が沈黙を終わらせた。清親が静かに椅子から立ち上がるのを、ナオキは黙って見上げる。

「おつかれさまでした。失礼します」

清親は挙動のすべてが淡々と静かで、呆然《ぼうぜん》と見送ってしまう。パタンとドアが閉まると、鞠子が深々とため息をついた。

「……俺も帰ります」

「ナオキ」

咎める声に、ナオキは顔をしかめる。不愉快に思ったからではなかった。その厳しい声音に覚えがあって、懐かしいと感じたせいだ。バレエ学校に入るまで、ナオキにバレエを教えたのは鞠子だ。叱られて、泣いてばかりいたように思う。そのときと同じ声だった。

黙って目を上げると、鞠子は「いったいなにが気に入らないの」とため息をついた。

「なにかひとつでも、俺の気に入ることがあると思いますか」

「バレエは好きでしょう」

「好き?」

唇の端が、歪むようにして持ち上がる。

「考えたこともない。俺にはバレエしかなかった。それだけです」

「普通の人間は、それすらないのよ。バレエがあるということは、それだけでしあわせだと理解しなさい。もしあなたに才能がなければ、バレエ学校にもバレエ団にも入れませんでした。だけどそれが普通よ。あなたは特別なんだわ」

「俺が望んだわけじゃない」

「それは傲慢《ごうまん》です」

ぴしゃりと叩くような話しかたはまさに指導者で、ナオキが考える母親像とは重ならない。

目の前のこの女性は、いったい自分のなんなのか。そして鞠子のほうも、ナオキを自身のなんだと思っているのだろうか。

「……清親も」

鞠子がふたたびため息をつく。

「コンクールには出るべきだわ。いまの清親にはそれが必要なのに、どうしてわからないのかしら」

「それはあなたが決めることなんですか」

なにをするべきかも、なにが必要なのかも、清親が自分で決めればいい。清親がコンクールには出ないと言うなら、それでいいだろう。けれど鞠子は首を振る。

「私は指導者よ。清親をより高みへ導く義務があります」

「高み？」

「あなたは、清親が、一生この高郷バレエ団で踊る程度のダンサーだと思う？」

訊ねられ、ナオキは正直に首を振った。いまはまだ荒削りな印象が拭えないが、驚くほどの勘のよさと飲み込みのはやさを考えれば、世界で通用するダンサーになる日も遠くないだろう。

「ここ以外のどこかに行くなら、実績が必要です。できるだけ大きくて、できるだけたくさんの。たとえば踏んだ舞台の数。それからコンクールでの優勝経験。海外への留学経験」

ナオキのいたバレエ学校が、伝統的に生徒をコンクールの類に出さないのは、その必要がないからだ。在学しているというだけで価値があるから、外部の評価を受ける必要がない。けれど一般的には、名の通ったコンクールで賞を取るのはダンサーとしての格を上げる一番の近道なのだろう。鞠子はそれを、清親に与えようとしているのだった。

「けれどそれも、清親がそれを望むなら、ですよね」

「本人の意思よりも、早急であることが重要だわ。あなただって、いまからガルニエ宮のバレエ学校に入学することはできないでしょう？」

つまり、もっと年を取ってしまってから、あのときコンクールに出ていればと後悔しても遅いと、鞠子の言うのはそういう意味らしい。

なるほど、鞠子はおそらく昔からそういう考えを持った人間で、だから、ナオキをフランスのバレエ学校に入れたのだ。最高のバレエ教育を受けようと思うなら、意思を持ってからでは遅い。

「私は間違ったことは言っていないわ」

鞠子のはっきりと自信を持った目に、ナオキはもどかしく首を振った。

「間違っているか正しいかの話をしているんじゃない」

立ち上がって、足元に置いていたボストンバッグを手に取った。目の前にいるのはたしかに血の繋がった実の母親なのに、理解できない。そのことがとても空《むな》しく感じた。

「正しいことだからといってなんでも従えるわけじゃない。自分が納得できていなければ、なにを持っていてもいつかすべて無意味になる。俺はそう思います」

「無意味になったの？」

ドアを開けようとした背中に問いが投げかけられる。ナオキは答えずに、部屋を出た。


気付くと、薄暗い舞台袖にいた。

自分の姿を見下ろす。白地に、金と銀の刺繍《ししゅう》が施された上着と、白いタイツ。白いバレエシューズ。典型的な王子の衣装だった。もうすぐ出番だと、なぜかそれだけは強くわかって、それ以外のことはなにもわからない。舞台は明るくて、けれど音楽は、聞こえるか聞こえないか程度にしか耳に届いてこなかった。

演目はなんなのか。自分はなんの役なのか。パートナーは誰なのか。

焦って、おそろしくて、冷たい汗が噴き出す。

ぎゅっと、ナオキの二の腕を摑む手があった。顔は判別できないけれど、これも劇場スタッフだということだけがわかる。

スタッフにきっかけを教えられ、覚束ない足で床を踏み切り、グラン・ジュテで舞台に踊り出た。

――だめだ、と思う。音が聞こえない。眩しすぎて目を開けていられない。こんなの、踊れるわけがない。

だけど、舞台に出てしまった以上、まさか棒立ちになるわけにはいかないのだ。なにか踊らなければ。なにか――。


息苦しさにむせるようにして目が覚めた。

ドッドッと鼓動がはやい。ナオキは肩で短い呼吸を繰り返し、深々と息を吐きながら片手で髪をかき回した。

昔から、繰り返し見る夢だ。

いつもなんの前触れもなく舞台袖からはじまるが、パターンはひとつじゃない。たとえばレッスン着のままなのに舞台に放り出されるとか、見たこともないパートナーが隣にいるとか、音楽はドン・キホーテなのに自分の衣装がラ・シルフィードであるとか、とにかく共通しているのは、「舞台に立つ準備がまるで整っていない」ことだった。

そして不思議なのは、どの夢でもナオキは絶対に舞台から逃げることは選ばないのだった。そのまま背を向けて走って逃げてしまえばいいのに、かならず泣きたいような恐怖を抱えたままライトに照らされた舞台に出て行く。

ナオキはのろのろと起き出し、鼓動を宥《なだ》めながらロフトをおりた。テーブルのノートパソコンを立ち上げようとして手を止める。無意識に、アルベリクを頼ろうとしているのだった。「またあの夢かい、ナオキ？　大丈夫だよ、僕がここにいるじゃない。なにを怖いことがあるの？」囁《ささや》かれ、冷え切ったこめかみにあたたかいキスが触れれば、その夜はもう同じ夢には戻らなかった。

ふる、とナオキは懐かしさを振り払うように頭を振った。バレエシューズを握りしめて部屋を出る。

二階のスタジオにおりると、天井近くの換気窓から床へ明かりが伸びていた。防音のドアを薄く開けると、ちょうどナオキの目の前を、清親の大きな跳躍が横切った。きれいなグラン・ジュテに、ナオキははっと目を瞠る。

音量は絞られていたが曲はわかった。ラ・シルフィード。正月にナオキが踊って見せたものだった。

音を立てないように、そっとスタジオに入りドアを閉める。

清親は、ブルノンヴィルスタイルは苦手のようだった。繊細な足のパの繰り返しであるブルノンヴィルの振付は、なによりも正確なポジション、それから安定した軸、さらに天性の柔軟なバネが必要とされる。下手をすると、ただドタドタと舞台を移動しているだけにしか見えない。清親の場合、かろうじてそのラインよりは上だが、それでも決してうまくはなかった。

「――」

なのに、とナオキはTシャツの胸元をぎゅっと握りしめる。

なのに清親は、ひとの心を摑む。

目を離せないような、圧倒的な魅力が清親には備わっていた。そういう類《たぐい》のものは努力で身につくものではない。優れた才能を持った、清親はいいダンサーだ。

踊り終えた清親に拍手を送ると、彼は振り返り、ナオキを認めて目を瞠る。

「こんな時間になにしてんだ」

時計は見なかったけれど、カーテンの隙間から見える空はまだシンと暗い。早朝だろう。こんな時間に、はナオキの台詞《せりふ》でもあった。きみこそ、とナオキが返すと、清親は「そうだな」と頷く。お互いまるで返事はしていなくて、それがわかるから、あとは黙るしかなかった。

「コンクール、出ればいいのに」

鞠子の言葉の意味が、いまなら少し理解できる気がして、ナオキはそう言った。たしかに、清親には魅力と才能がある。国内のコンクールならおそらく難なく勝てるだろう。彼が、自分で選んだバレエという世界で生きていこうと思っているなら、そういう実績をひとつくらい持っていてもいいように思った。

「は？」

けれど清親の声と表情は不愉快そうに歪んだだけだった。

ナオキからすれば、どうしてそんなにきつく拒絶するのかがわからない。バレエは清親自信が選んだ道だし、鞠子の言いなりになりたくないなんていうわけではないだろう。

「もしかして、俺がきみの居場所を取ると思っているのか？　それなら心配しなくていい。俺はもう母の世話になる気はないから」

「……そうじゃねえよ」

よほど見当違いだったのか、清親はうんざりとしたようすでため息をついた。

「それなら、なにかコンクールに出たくない理由が、」

「おまえこそ、白鳥の湖〝は〟踊らないって言ったな。白鳥だけがいやな理由があるのか。違う演目なら踊ったのか」

言葉を遮られ、いきなり胸の奥深くに踏み込まれて、ナオキは怯《ひる》んで身を引いた。

白鳥の湖、と聞いただけでも胸にひりりと痛みが走る。最近は、思い出さずに済んでいたのに。与えられていた役を剝《は》がされたこと、それで逃げ出してきたこと。

『ナオキ――』

オラール先生の声が鮮明によみがえり、いやな感じに心臓が鳴って、息が浅くなる。これは、思い出したくなくて、訊かれたくなくて、話したくないことだった。そして気付く。清親だって、その場所はナオキに踏み込まれたくなかったのだろう。

他でもない清親本人が、コンクールには出ないとはっきり言ったのだ。理由なんてそれだけで充分だった。それを他人のナオキが「出ればいいのに」「出たくない理由が?」なんて、清親が腹を立てるのは当たり前だ。

「すまない」

正しいからというだけでは従えない。理屈だけではいずれすべて無意味になる。自分が鞠子にそう反抗したばかりだ。

ナオキだって、バレエ学校に入れられてなければいまの自分はないのはわかっている。ナオキ自身が望んだかどうかは別の問題として、いまの自分にバレエダンサーとしてトップレベルの基盤が備わっているのは、鞠子の決断があったからだ。事実としてそれは理解している。だけど感謝して納得することはできない。

清親だってそうなのかもしれない。コンクールに出たほうがいいだなんて、本人だってきっとわかっているのだ。それでも出ないと言う。それならナオキは、清親の気持ちこそ一番に理解できるはずだった。なのにこれではナオキも鞠子と変わらない。

「俺はまた、余計なことを言ったんだな」

ナオキが深く項垂《うなだ》れると、清親はぐっと喉を鳴らして黙り込んだ。荒々しい足取りでこちらに近付いてくる清親の、明らかな苛立ちの気配にナオキはひやりとした。目の前に清親が立つ。

これまでも、清親の機嫌を損ねたと思ったことは何度もあった。だけど、これまでは清親をまっすぐ見つめ返せた。こんなふうに竦んでしまうのははじめてだ。

「……クソッ」

清親が、低く呻《うめ》いてナオキの前を離れる。スタジオを出て行った清親の足音が、階段を上がり完全に聞こえなくなるまで、ナオキはその場を動けなかった。


「ナオキ！」

どの国も、空港の印象は似通っている。天井が高く、柱や壁はおおむね白く、一部はガラス張りで外の景色や空が広々と見える。だから、呼ばれて振り返った先にアルベリク・バローの姿を見たとき、ナオキは一瞬自分がどこの国にいるのかわからなくなった。

柔らかい金の巻き毛と、青い瞳。黒のロングコートをまとった長身のアルベリクは、そこにいるだけで気品があって、まるで本当に、どこかの国の王子様のようだ。

「アル！」

トランクを置き去りにして駆け寄ってくるアルベリクを迎える。ぎゅっと抱きしめられ、アルベリクからパリの香りがすると思った。懐かしくて深々と呼吸すると、アルベリクはナオキの頬にキスをしながらふふっと笑った。

「そんなに嗅《か》いだら恥ずかしいよ、ナオキ。十二時間も飛行機に缶詰だったんだ」

甘いフランス語が耳に心地よく馴染む。ウィ、とナオキがしみじみ頷くと、アルベリクがまた笑った。

「アル、ひとり？　他のメンバーは？」

周りを見回しながら訊ねると、アルベリクは茶目っ気たっぷりの仕種で肩を竦めた。

「置いてきちゃった。みんなは明日到着するよ」

つまり、置いてきた、というより、アルベリクだけが一日先に来たらしい。バレエ団とどういう交渉をしたのかはわからないが、さすがアルベリクだといえた。それが許される地位と人柄が彼にはある。

「だから今日はまるごと一日、ナオキに日本を案内してもらうつもりだよ」

アルベリクは置き去りにしたトランクを引いてナオキの元へ戻り、自然な仕種で肩を抱いた。日本を案内、とナオキは口の中で繰り返す。考えてみれば、ナオキが日本に来てからそろそろひと月になる。

「だけど、俺はあまり観光に出かけていなくて」

そうなの？　とアルベリクが目をまたたいた。彼は活動的で、国外公演のたびに積極的に観光に出かける。ナオキは、アルベリクが出かけるときにはついていくが、自分から観光にゆく積極性はなかった。

「それなら、毎日なにをしていたの？」

なにをしていただろう、とナオキも考え込む。一度舞台には上がったけれど、そのせいで忙しかったというわけでもなかった。ゆっくりと記憶を辿る。思い出せるのは、正月に清親と出かけた神社とスケートリンクだけだった。ふっと凍った風が頬を切った気がして、その鮮やかさにナオキは驚いて立ち止まる。

「ナオキ？　どうかした？」

「ううん」

実際は、コートを着ていると暑く感じるくらいだ。よみがえった氷の感覚と、繋いだ清親の手の確かさは、また空気に溶けるようにしてナオキから離れていった。次に思い出したのは昨日のことだ。清親を怒らせてしまった。言うべきではないことを言ってしまった後悔に、ナオキはきゅっと唇を引き締める。そうしても昨日の発言をなかったことにできるわけではないのに、昨日から、思い出すたびにこうして飲み込むような仕種をしてしまう。

「ナオキ」

隣を歩いていたアルベリクが、優雅に身を屈《かが》めて首を傾げ、ナオキの唇に軽くキスをした。

「くるみ割り人形みたいな顔してるよ」

それからここも、と眉間《みけん》にも唇が触れる。

「それで？　思い出した？」

せっつく朗らかさにナオキは少し笑って、「そうだね」と頷いた。

「レッスンしてたよ」

「ずっと？」

「うん、ずっと」

「なんだ、それならパリにいるのと変わらないじゃないか」

もう、とアルベリクは呆れ顔で、けれど「ごめんね」とナオキが謝ると「ナオキらしいよ」と甘く苦笑した。

「それなり、ナオキがレッスンしているところに連れて行ってよ。半日も座っていたから身体を動かしたいな」

それならと、ナオキは自分のアパートにアルベリクを招待した。二階のスタジオを見て、アルベリクは感嘆の声を上げる。

「すてきなレッスンルームだ。ここをいつでも自由に使えるの？」

そうだと頷くと、アルベリクはナオキを振り返り、まっすぐに目を見て微笑んだ。年はひとつしか変わらないのに、いつもナオキはこの瞳の前では自分がずっと子供になったように感じる。

「それならナオキは、ご両親に感謝しないといけないね」

アルベリクはナオキにとって、兄のような、いっそ親のような、とにかくあらゆる意味で最も近しい存在だった。彼にはごまかしも強がりも通用しないとわかっているので、取り繕うこともせずにナオキは答えを厭《いと》ってふいと顔を背けた。

「そうなの？」

アルベリクはナオキの無言の反発と会話をして、一歩近付いてきながらツイと指を伸ばす。間近から、髪を、耳を、頬を、猫の子にするように撫でられて、ナオキは自然と差し出すように喉を晒《さら》した。

「だったらもう、帰ってきちゃえば？」

両手の指でやさしく顎のラインを持ち上げられる。額の触れ合う距離で視線を合わされると、春の青空みたいに穏やかな瞳がすぐ近くにあった。ナオキの胸に、アルベリクの言うとおりにしてしまいたい気持ちがせり上がる。

「僕と一緒に帰るね？」

そうしよう、と思った。

ナオキが頷きかけたところへ、ガチャンとドアの開く音がした。目を向けるとドア端に清親がいて、キスをするような距離で話すナオキとアルベリクを見て硬直している。

「キヨチカ」

ドアノブを握ったまま呆然と立ち尽くしていた清親が、ナオキの声にはっと目が覚めたような反応をした。そしてナオキに、次にアルベリクに焦点を合わせる。

「……アルベリク・バロー!?」

唐突に大きな声を出した清親に、ナオキのほうが驚いた。普段の清親は無口で落ち着いた印象が強く、こんなふうに目を輝かせているところを見るのははじめてだ。

「アルを知っているのか?」

「知ってるもなにも……!」

清親は興奮したようすで声を上擦らせ、ナオキを見てきまり悪そうにトーンを落とす。

「……一番好きなダンサーなんだ」

ぼそぼそと、具合の悪い打ち明け話をするような声だった。ナオキは驚いて、けれどそうおかしなことではないのかと思いなおす。アルベリクは、ガルニエ宮のエトワール——数人きりしかいない頂点のダンサーだ。日本の公演に参加するのは今回がはじめてだが、出演した作品が映像化されていたり、フランスでは雑誌のモデルやCM出演もしているので、訪れたことのない国にもたくさんのファンがいる。

「ありがとう、嬉しいよ」

アルベリクが日本語で応じると、清親がギョッと目を瞠る。

「ナオキと一緒に日本語を習っていたからね。たくさんは無理だけど、少しなら話せるよ」

アルベリクが親しげに差し出した手に、清親がそろそろと触れた。力強い握手に清親が「お

お」と感動めいた声を上げるのが子供みたいで、ナオキは小さく微笑んだ。

清親がアルベリクを好きなのはわかるような気がする。タイプが似ているのだ。アルベリクは、金髪碧眼という容姿から王子役もぴたりとはまるけれど、一番得意なのは、ドン・キホーテやロミオとジュリエットのような、役の個性がはっきりと出る演目だ。表現力に優れていて、物語の世界に自分と観客をまとめて引き込む力がある。清親も、ナオキから見ると同じタイプのダンサーだ。

清親が、いずれアルベリクのようなダンサーになるかもしれないと思うと、自分のことではないのにふわっと心が浮き立つような気分になった。

「アル」

振り向いたアルベリクに、ナオキは「なにか踊ってほしいのだけど」と頼んだ。

「キヨチカに見せたいんだ」

アルベリクが意外そうに目をまたたかせる。ナオキをじっと見てしばらく黙っていたのは「キヨチカに見せたい」と言ったナオキの言葉の意味を考えているからだろう。ナオキの自慢のためか、それとも清親のためか。

それを見極めたのか、アルベリクは「いいけど」と頷きながらも、交換条件を提示してきた。

「ナオキが金平糖を見せてくれるならね」

金平糖の精は、『くるみ割り人形』のパ・ド・ドゥの、女性のヴァリアシオンだ。出された条件に、ナオキは自然と渋い顔になる。

バレエ学校の低学年の頃、男子のクラスで、教わっていないヴァリアシオンを踊って遊ぶのが流行《はや》った時期があった。いかに面白く誇張して友人たちを笑わせられるかが問題で、レッスンの延長というより休み時間の悪ふざけだ。それで、ナオキも促されて金平糖の精を踊ったことがある。けれどもともとふざけたところのないナオキは、他の男子のように大げさに誇張することができずに、最初から最後まで大真面目に踊ってしまった。

踊り終えたときの、友人たちの唖然《あぜん》とした顔はいまでも覚えている。そのあとの、困惑気味の拍手も。身の置きどころがないとはあのことだ。

「悪趣味だ」

「純粋に見たいんだよ。このあいだローランとも話していたんだ。金平糖はいままで見た中でナオキが一番可憐だって」

おだてられても、女性のヴァリアシオンなんて踊りたいものじゃない。だけどおそらくアルベリクは、ナオキがこの条件を飲まなければ踊ってはくれないだろう。長い付き合いで、彼の甘さと厳しさのラインはだいたい読める。

ナオキは観念してコートを脱いだ。「やった」とアルベリクは笑って、清親に金平糖の精の踊りをかけてくれるよう頼む。

「……金平糖？　王子じゃなくて？」

フランス語での会話を聞き取れていなかった清親が訝しげに問い返すが、アルベリクは「いいんだ、合ってる」と胸を張る。本当にいいのかとばかりに目を向けられ、ナオキも渋々頷いた。

「彼は趣味が悪いんだ」

清親は、納得したようなそうでないような表情で首をひねりながらCDをセットする。ナオキは軽くストレッチをして、最初のポジションについた。

いやいやではあるけれど、音楽がはじまって、振付を知っていれば身体は自然と動く。チリチリと細く響くチェレスタの音に合わせて、小さく可憐にパを繋げた。

ひとつひとつのポジションを正確にと、それだけを考えて短いヴァリアシオンを終える。

「ブラヴォ！」

アルベリクの拍手に、ナオキはぷいっと顔を背けた。

背けた視線の先には清親がいて、まばたきも忘れたように目を瞠ってナオキを見ている。アルベリクへの子供じみた態度に驚いているのか、成人男性が踊る金平糖の精に呆れ果てているのかはナオキにはわからなかった。もしかしたら両方かもしれない。

「メルシ、ナオキ！　どう、とっても可愛いよね！」

ナオキを抱きしめながら、アルベリクが自慢げなトーンで清親に語りかける。清親は困惑げにしながらも、ぎくしゃくと頷いた。

「ほらナオキ！」

なにが「ほら」か、とナオキは腕を突っ張ってアルベリクから離れる。とんだ恥をかいたと思う。また清親と目が合って、ナオキは気まずく目を伏せた。

「たしかに、――可愛かった」

清親の声はきっぱりと真面目だった。揶揄《やゆ》するような響きはまるでない。

「……本気で言っているなら、きみの目もどうかしてる」

「いや、なんていうんだ、清潔というか、……愛くるしい？　……いとけない？　うまく言えないけど、可愛かったよ」

『あいくるしい』も『いとけない』も知らない言葉で、そのせいか、最後にはっきりと聞こえた『可愛かった』という一言が胸に迫った。思わず息を止めるが、じわじわと頬が熱くなってゆくのが止められない。アルベリクが、ひょいとナオキの顔を覗き込んで「えっ」と声を上げた。

「ナオキ、きみどうして赤くなってるの」

指摘にますます顔が赤くなる。耳から湯気でも出てるのではないかと思うくらいだ。

「ねえ、僕がどんなに可愛いって言ってもそんな顔したことないじゃない」

フランス語でそう憤慨して、それからアルベリクは「ええと、キヨチカ？」と日本語で清親に向かう。

「え？　はい」

「いったいどんな魔法を使ったの？」

困ったように清親がナオキに目を向ける。目が合うと、こめかみが熱くて目眩《めまい》がした。おかしい、どうかしてる。ナオキは慌てて清親から視線を外して、アルベリクの腕を叩いた。

「それより、約束だよ。踊ってくれるよね？」

アルベリクは少し不服そうにして、けれどすぐに「もちろん」と頷いた。

「なにが見たいの？」

アルベリクがコートを脱いでトランクからバレエシューズを出す。ナオキが「パリの炎」とリクエストすると、アルベリクは「ふうん？」と意味ありげに清親を見て、簡単なバーレッスンをはじめた。

「キヨチカ、『パリの炎』のCDはある？」

「――踊るのか？　バローが？」

そうでもないなら恥をかくとわかっていて女性のヴァリアシオンを踊ったりしない。けれどわざわざ言うことでもなくて、ナオキは黙って頷くにとどめた。

『パリの炎』は、全幕を上演されることはあまりないが、コンクールなどではよく見られる演目である。フランス革命を題材にした作品で、アルベリクがこれから踊るのは、義勇軍の若い兵士、フィリップのヴァリアシオンだ。

スタジオの上手《かみて》側にアルベリクが移動して、曲がはじまる。

ちらと清親に目をやると、彼は食い入るようにしてアルベリクを見ていた。横顔からも、いきいきとした目をしているのがわかる。

アルベリクの『パリの炎』は、相変わらずとびきり魅力的だった。凜々しくて情熱的なのに、風のような爽やかさがある。この曲をもっと荒々しく踊るダンサーもいるけれど、ナオキはアルベリクの濁りない鮮やかな解釈が好きだった。スタジオが狭いので跳躍は控えめだけれど、それでもなにもかもに圧倒される。

やっぱり、アルベリクは『持っている』のだと思った。溢れ出すほどに満ち足りていて、欠けているところがない。――ナオキと違って。

「どうだった?」

「ブラヴォ」

ナオキが拍手をすると、その音で我に返ったらしい清親が、深々とため息をつきながら一緒に手を叩いた。感動したようすなことに安堵する。二分に満たない時間が、キヨチカのためにプラスになるといいと思うことが不思議だった。

それからナオキはあらためて、アルベリクと観光に出かけた。そもそも彼はナオキの性格をよく知っていて、観光ガイドをさせるつもりなんてなかったのだ。本人が行きたい場所も交通手段もあらかじめ調べていて、ナオキはこれまでと同じようにアルベリクの隣を歩くだけだった。

ただ夕飯だけは、アルベリクのプラン通りにはいかなかった。目星をつけていた店はことごとく定休日か満席で、夜道で揃って途方に暮れる。

行き交う車のランプが、アルベリクの端整な横顔をチカリチカリと浮かび上がらせる。彼がバレエダンサーだと気付くわけではないのだろうが、童話の王子様のような容姿に、道行くひとはおおむね振り返った。ナオキが内気な性格の割にひとの目をあまり気にしないのは、常に隣に、こうして注目を集める存在があったからだ。他人の視線をいちいち気にしていたら、アルベリクの隣は歩けない。

「ついてないな……」

もちろん彼自身も人目を気にしない。アルベリクはガードレールに軽く腰をかけて、絶望の表情で暗い空を見上げた。

ナオキもさすがに空腹で、目についたカフェやファストフードのチェーン店を提案するが、アルベリクは「僕はゴハンが食べたいんだ」と頑として聞き入れない。食に興味の薄いナオキにはわからないが、アルベリクなりのこだわりがあるようだった。

アルベリクはすっかり項垂れてしまい、ナオキはますます困ってあたりを見回す。ふと、見覚えのあるオレンジの看板が目に入った。これだ、と、わらにも縋る思いでアルベリクを連れて店に入る。清親がしてくれたことを思い出して、券売機で食券を買い、カウンター席に並んで腰掛ける。

ここでも、コートを脱いでいるところで味噌汁と丼が出てきた。アルベリクが、半信半疑の顔でナオキを見てから、箸を手に取る。

「C'est très bon!」

牛丼は、意外にもアルベリクの舌をかなり満足させたようだった。すごくおいしい、と最上級の賛辞を聞いて、ナオキはほっと息をつく。

「キヨチカに連れてきてもらったことがあるんだ」

ナオキが言うと、アルベリクは「キヨチカ、ね」と含みある口調で微笑んだ。

「彼はナオキのなに?」

「なにって……」

ぽろぽろと箸のあいだから米をこぼしながら、ナオキは少し考えて「隣人だよ」と答える。

「隣人。それから?」

「母のバレエ団のソリストだ」

「なるほど。他には?」

清親は、隣人で、母のバレエ団のトップダンサーだ。他に言葉は見つからない。

友人、と言えるのだろうか。それもよくわからなかった。特にたぶん清親のほうは、ナオキにいい印象は持っていないだろう。現に昨日だってまた険悪になってしまった。

「アル」

「なあに？」

「俺は、口が下手なんだな」

俯くナオキを、アルベリクがまじまじと見つめる。なにをいまさら、と言いたいのだろう。自分でもそう思う。ナオキがうまく話せないのはなにも日本語に限ったことではなくて、フランス語でだって上手《じょうず》に他人と関われない。小さい頃からそうだった。

「……そのことを、不幸だと思うの？」

訊ねる声の穏やかさに、ナオキも静かに胸のうちを振り返った。口下手なことを不幸だと嘆いているわけじゃない。ただ、とにかく、とても――。

「もどかしいんだ。声も、言葉も、思うように操れなくて。伝えたいことも訊ねたいこともあるはずなのに、形になる前に、霧みたいに消えていく」

「ナオキ……」

「俺は彼に、不愉快な思いをさせるばかりだ」

自分の性格なんて昔から知っている。引っ込み思案で、喋ることが苦手で、バレエ以外にはなにもない。だから友人も少ないし、親しくないひとを落胆させたり退屈させたりすることはしょっちゅうだ。落ち込むこともあったけれど、アルベリクがいて、バレエがあって、それで自分には生きる場所があると思ったから平気だった。

だからこんなふうに、自分を歯がゆいと思うのははじめてだ。


その後、ナオキは清親の部屋の前に立っていた。

手の中には、『ジゼル』のチケットが二枚ある。別れ際に、アルベリクにもらったものだ。

アルベリクは、まず一枚を差し出して、「来てくれるね？」と頰にキスをした。そして、ナオキが「ありがとう」と頷くと、満足そうにしてもう一枚チケットを差し出した。

「これは？」

誰のぶん？　という意味で訊ねると、アルベリクはにこりと笑う。

「ナオキのママンに、というつもりだったんだよ。だけどきみはきっと、キヨチカを連れてくるんだろうな」

アルベリクはなにもかも見透かしたような口振りだ。たしかに、二枚目のチケットを差し出された瞬間、浮かんだのは清親の顔だった。返事をためらうナオキを、アルベリクが「当たり？」と覗き込む。

「……キヨチカはアルが好きなんだ。それに、いろいろ世話になったから、お礼をしたい」

「ふうん？」

ちょい、と唇にチケットが触れる。どうして自分がなにかを取り繕うように、言い訳めいたことを口にしなければいけないのかがわからない。目を逸らすナオキに、アルベリクが遠いものを見るようにして目を細めた。

回想はそこで中断された。唐突に目の前でドアが開いたせいだ。ナオキが逃げる猫のように足を引くと、玄関で清親が目を瞠る。

「……なにしてんだ」

「いや、その」

チャイムを押す勇気もなく、外廊下で迷って立っていたのだ。心の準備もできないまま本人を目の前にしてしまい、咄嗟に言葉が出ていかない。

さっきは、アルベリクというスペシャルなゲストがいたから、清親とも話すことができた。だけどふたりきりで向かい合うと、昨日の自分の失言が、深い溝としてつま先のすぐ前に口を開けているように感じた。

「昨日は本当にすまなかった」

伏せた目を思い切って上げる。目が合うと清親は、すっと息を止めて、それから慎重に吐き出した。

「いや、あれは、……俺こそ、」

苦々しげに眉を寄せる清親に、ナオキはずっと握っていたチケットを差し出した。

「アルの出る『ジゼル』のチケットだ。隣が俺でも構わないなら、これをきみに」

差し出してしまってから、断られたらどうしようと急に不安になる。いらない、とドアを閉ざされてしまうところを想像したら、ひやりと胸が冷たくなった。

時間が過ぎるのが異様に遅く感じる。表の公道を行き交う車の音がやけに耳についた。

「――ありがとう」

清親がナオキの手からチケットを抜き取る。実際は短い時間だったのだろうけれど、ナオキにとっては腕も指も痺《しび》れるくらいに長かった。

「まさかキャスト変更でバローが来るとは思わなかったから、来日公演のチケットは取ってなかったんだ」

ダンサーの怪我や病気でキャストが変更になることはよくあるが、その際代役を務めるのは、元々そういう場合に備えて予定が組んである下の階級のダンサーだ。アルベリクのようなエトワールが、代役として舞台に上がるなんてこと普通はない。

たぶんアルベリクは、日本にいるナオキを心配して、バレエ団に無理を通したのだ。

「……バローと、仲がいいんだな」

ふたたびの沈黙にナオキが足を引きかけると、引き止めるようにして清親が口を開く。会話が続くことに安堵して、ナオキは頷いた。

「アルとは、バレエ学校の同級生なんだ。彼のほうが一歳年上だけれど、同じ年に入学して、だけど卒業は彼のほうが一年はやい。俺たちが最終学年だった年はバレエ団の採用が少なくて、男子ではアルだけが合格して卒業した。それで俺はもう一年バレエ学校に残って、次の年の試験で入団したんだ」

「一度入団試験に落ちたってことか？」

清親が意外そうにその部分を繰り返す。ああ、ナオキは頷いた。

そのときに、大学へ進んだり他のバレエ団に行くという選択肢もあったし、実際、同級生のほとんどはそうして諦めて別の道へ進んだ。けれどあの頃のナオキの世界は、バレエ学校とアルベリクで完結していた。だから、バレエ学校の校長にもう一年残って勉強することを勧められたというのもあるけれど、ナオキのほうも、知らない世界に出て行くことなんて考えられなくて、育った場所にしがみつくしかなかった。

つくづく、自分の世界は狭いのだと思った。だけど、バレエ学校に通う子供たちは皆同じ隔絶された環境で育つ。どうして自分ばかりが、欠けたものを抱えて補えないままここまできてしまったのだろう。

「悪かった」

急に謝られ、ナオキは自然と俯いてた頭を上げた。

「おまえは挫折なんかひとつも知らないんだろうって勝手に思ってた。自分が恵まれていることに気付いていなくて、だからきれいで傲慢なんだって」

傲慢、という難しい言葉にナオキが首を傾げると、清親は「いいんだ」と首を振った。

「とにかく、悪かった」

いや、とナオキは首を振る。清親に謝ってほしいわけではなかったが、彼の態度がやわらいだことが嬉しかった。

「よかった。なら、キスをしても？」

「は⁉」

清親はギョッと目を見開いて、けれど大真面目なナオキを見て困惑げに頷いた。

ナオキは手を伸ばして清親の肩を引き寄せ、頰に軽くキスをする。

「ありがとうキヨチカ、おやすみ」

おう、とぎくしゃく答える清親をその場に残して、自分の部屋に帰る。

部屋に戻ってシャワーを浴び、テレビをつけた。最近は、部屋にいるあいだはなるべくテレビをつけておくようにしている。それだけでもだいぶ日本語に慣れるような気がするからだ。

ふと思いついて、クリスマスに父からもらった国語辞典に手を伸ばした。傲慢、という言葉をひいてみると、「おうへいにかまえて人をあなどること」と書いてある。横柄は「人を見下げ、いばりかえっているようす」だ。自分は清親に、そんなふうに見られていたのだ。

そういえば、いまになって思い出したが、鞠子にも同じ言葉を言われたことがあった。

それから、愛くるしい、の項目を見る。「子供の顔などが、いかにもかわいらしい」いとけないは「おさない、がんぜない、あどけない」とあり、またその言葉を辿っていく。とにかく、子供のようで可愛いと、清親はナオキの金平糖の精をそう褒めたのだった。

ナオキは辞書を閉じて、どさりとソファに身を投げた。

清親は正しい。子供のように無垢で愛らしく、けれどそれだけ。

ナオキのバレエはそういうものだった。


三日後の、ガルニエ宮の日本公演には、清親《きよちか》と連れ立って向かった。

黒のジャケットと細身のパンツ、インナーに白いシャツを着た清親のすっきりとした立ち姿は、劇場のホワイエでもよく目立つ。ナオキは、周囲の客が清親を見つけて華やいだようすで言葉を交わし合うのを見て、それから隣に目を向けた。

「おい、行くぞ」

清親本人は、自分に注目が集まることに慣れていないようだった。居心地悪そうにそわそわして、ナオキの腕を摑《つか》んで客席へ足を向ける。

ほとんど無理矢理着席させられ、ナオキは腕時計を見た。開演三十分前。席に着くにはいささかはやい時間だ。ナオキの不満を感じ取ったのか、清親が隣から公演のパンフレットを差し出してくる。これを見て時間を潰せということらしい。

「ファンサービスをしなくてよかったのか？」

受け取りながら訊《たず》ねると、清親が顔をしかめた。

「苦手なんだよ」

「でもきみを好きなひとは喜ぶ」

うるさがるように清親が手でナオキを制する。理解はしているから黙っていろと言いたいのかもしれなかった。たしかに普段の清親の振る舞いに口を出すような権利がナオキにあるはずもない。それに、四方八方に愛想を振りまく清親というのも想像に難しかった。

ナオキはおとなしく口を閉じて手元のパンフレットをめくった。

アルベリクを筆頭に、知った顔が並ぶ。

「おまえもこうしてパンフレットに載っている側だったのかもしれないと思うと不思議だな」

隣からナオキの手元を覗《のぞ》いて清親が言う。

「バローの他に、仲のいいやつは来てるのか？」

訊ねられて首を振る。バレエ学校の同級生たち数人は今回の来日公演には参加していない。もちろん同じカンパニーの仲間なので、写真のどの顔も知っているが、その程度だった。

「一緒に食事をすることくらいはあるけれど、親しいのは本当に、アルだけだ」

金髪碧眼《へきがん》の、王子然としたアルベリクの一際大きい写真を眺めて、ナオキは答える。

「バレエ学校に入学した年からずっと、彼が誰よりそばにいたんだ。学校でも寮でも、長期休暇も一緒で、――こんなに長く離れるのは、考えてみたらはじめてだな」

へえ、と清親が相槌《あいづち》をうつ。

「たしかに、親密な感じはしたな。恋人同士みたいな距離で話してたから驚いた」

「ああ。一時期はＰＡＣＳを……わかる？　Pacte Civil de Solidarité」

「いや」

「そうか。日本にはない制度だったな。日本語だとどう表現するんだろう。事実婚？　準結婚？　つまり、婚姻と同等の権利を得られる制度があって」

「待て、……婚姻？」

「そう」

「バローと結婚してるのか⁉」

清親がギョッと張り上げた大声に、ナオキは驚いて首を振る。

「いや。何度か話し合ったけど、結局しなかったんだ」

アルベリクは、ナオキに家族をくれようとしたのだと思う。婚姻か、それに準ずる契約を結べば、アルベリクの家族はナオキの家族になる。それはナオキにとっても夢のような話だったけれど、どうしても契約に踏み切ることはできなかった。アルベリクはすべてをナオキにくれるけれど、ではナオキはアルベリクになにを差し出せるのかと考えたとき、なにもないと思ったからだ。彼から一方的に毟《むし》り取ることが、成人同士の正しい関係だとは思えなかった。

それで、アルベリクと長く続けてきた関係を、ナオキが十九のときに一度清算したのだ。

とはいえ、いまでもアルベリクはナオキにとって誰より近い存在だった。

「それよりキヨチカ、アルベリクはパートナーの扱いがとても上手《じょうず》だからよく見ておくといい。二幕は、ジゼルが本当に飛んでいるように見える」

清親に目を向けると、なにか、愕然《がくぜん》としたような顔でナオキを見ていた。「どうかしたか?」と訊ねても返事もない。ぎくしゃくと顔を背けられ、ナオキは首を傾《かし》げた。そこへ、ブーと開演のブザーが鳴る。

ゆっくりと客席が暗くなり、それ以上は清親の表情を見ることはできなかった。

休憩を含む約二時間の公演は、あっという間だった。そういえば、アルベリクの出る作品を客席から鑑賞するのははじめてだったのだと、終わってから気付く。カーテンコールはなかなか終わらず、ジゼルを演じたベテランバレリーナの手を取ったアルベリクが何度も幕の隙間から姿を現す。ナオキもそのたびに惜しみない拍手を送った。バレエ学校時代からアルベリクは一際秀でた才能を持っていたが、エトワールに任命されてからはますます輝きが強くなったようだ。アルベリクが特別なダンサーだということは、ずっと隣にいた自分が一番よく知っていると思っていたけれど、離れると彼はいっそう眩《まぶ》しい存在だった。

長いカーテンコールがようやく終わって、席を立つ。

「キヨチカ、どうだった?」

ナオキにつられるようにして立ち上がった清親が、振り返ったナオキを見て、どこか困ったような顔をした。まさか気に入らなかったなんていうことはないだろうが、思っていた反応と違ってナオキも戸惑う。

「キヨチカ?」

「いや、ああ、——よかった」

よかったとは言うものの、清親のようすは明らかに沈んで見えた。アルベリクと自分のあいだにある差のことを考えたのだろうか。

「仕方ない。彼は選ばれた存在だから」

誰もアルベリクのようにはなれないだろう。だけど清親はきっと、彼に似て、けれど彼とは違う、素晴らしいダンサーになると思った。そういうつもりで言うと、清親は少し眉《まゆ》を寄せて、クロークから引き取ったコートをナオキに渡す。

「バローと自分を比べて落ち込んだりしてねえよ」

「それなら、」

「すごくいい席で、一番好きなダンサーが踊ってて、なのに他のことを考えて上の空だった自分が馬鹿みたいで、情けないだけだ」

「他のこと？」

「おまえが、バローと結婚を考えてたとか言うから……っ」

そこで清親は、はっとしたように口を噤《つぐ》んだ。

ナオキも息を止める。そうか、自分が憧れるダンサーが、同性と結婚を考えていたと知ったら、普通は気分のいいものではないのだろう。ナオキは自分の身の上話のつもりだったけれど、清親にとっては好きなダンサーのスキャンダルを聞かされたようなものだったのかもしれない。

「キヨチカ、でもアルは本当に才能があって、やさしくて、だから……」

「違う、そうじゃない」

苛立《いらだ》ったように清親はナオキの言葉を遮り、また口を噤む。

「……おまえは楽屋に寄るんだろう？　俺は先に帰る」

「キヨチカ……っ」

コートを羽織った清親の背中は、はっきりとナオキを拒絶していた。声はかけたものの、大股《おおまた》で離れて行く清親のあとを追うことはできなくて、ナオキはそのまま劇場のエントランスに立ち尽くす。

楽屋を訪ねる約束はしていたが、とてもアルベリクにおめでとうを言う気分にはなれなかった。しばらくしてからナオキもひとりでアパートに帰り着く。昨日のように清親の部屋の前に立ってみたが、廊下はシンと薄暗く、青いドアはかたく閉じられていて、チャイムを押す勇気は出なかった。

翌日、昼前に来客があった。チャイムで目が覚めたナオキは、Tシャツに下着というだらしない姿のまま玄関のドアスコープを覗く。外に立っていたのはアルベリクで、ナオキは驚いてドアを開けた。

「おはよう、ナオキ。早速だけど、支度《したく》をしてくれない？」

「よくひとりで来られたね？」

「きみと違うからね。いいから、はやく服を着て。飛行機の時間に間に合わない」

急《せ》かされ、ナオキはわけもわからず従う。ジーンズにVネックのニット、ピーコートを着て靴を履く。財布と部屋の鍵を持てばそれで出かける支度は整った。

「パスポートは持った？」

そんなのはいちいち身につけない。けれどアルベリクにそう言われると持たなければいけないような気がして、ナオキはコートの内ポケットにパスポートを入れた。

「アル、飛行機って？」

アパートから連れ出され、タクシーに乗せられる。

「昨日話そうと思っていたんだけどね、僕、今日の飛行機でパリに帰るんだ」

ガルニエ宮の日本公演はまだ日程の半分だ。けれど、多忙なエトワールを長く予定外の地に置いておくわけにはいかないのだろう。そもそもアルベリクには、今回の日本公演を含まないスケジュールが組まれていたはずだ。

「昨日はどうして楽屋を訪ねてくれなかったの？　ナオキのことずっと待ってたら劇場が閉まってしまったよ」

「ごめん」

「……ガルニエの舞台は見たくなかった？」

「ううん、そんなことはない。とてもよかったよ」

長い伝統を誇るガルニエ宮のバレエは、離れると余計に華麗で荘厳だった。品格のある、ひとつの完璧な世界がそこにある。自分もかつてはその中にいたなんて、いまではもう実感も湧かなかった。

傲慢な、という清親の言葉がよみがえる。あんなうつくしいところにいて、望んでいないとか、好きでやっているわけじゃないだなんて、たしかに自分は傲慢だったんだろう。手が届かないところまで遠ざかってしまってからようやく気付く。

「いままで俺は本当に、自分の足元しか見えていなかったんだな」

「ナオキはいつも真面目《まじめ》で一生懸命だったからね」

アルベリクは、流れる景色を眺めながら、ナオキの反省をそう言い換えた。

空港に到着すると、アルベリクはナオキを振り返り、「はい」とチケットのようなものを差し出した。「なに？」と覗き込むと、フランス行きの航空券だ。ナオキは気軽に受け取ろうとした手をどきりと止める。

「アル、どうして」

「パスポートを持った？　って訊《き》いたよね。こうなると思わなかったの？」

思わなかった。ナオキは呆然《ぼうぜん》と首を振る。

「ナオキらしいね。――だから、やっぱり心配なんだよ。一緒に帰ろう」

空港ロビーの高い天井に、ひとのざわめきがウワンウワンと反響する。

パスポートがあって、航空券があって、ナオキさえ頷《うなず》けばいますぐパリに帰れる。自分の指は正直で、結んだり開いたりと明らかに迷っていた。

これ以上日本にいても、なにかを得られるとは思えなかった。ひとりで迷って考えるだけなら、なにもこの国でなくていい。日本に来た理由を考えれば、アルベリクに帰ろうと言われるたびに心が揺れるのが、充分に答えだと思えた。

「ナオキ？」

やさしく促されて、ナオキは一歩前へ踏み出した。フランスに帰る。——日本を去る。

「——」

大きなガラス窓が外の光を反射して、チカリとナオキの目を打った。反射的に閉じたまぶたの裏に、ふっとひとりの姿がよぎる。眩しさが氷上を思い出させたせいかもしれない。

——清親。

「……帰れない」

ナオキが押し出した答えに、アルベリクの表情が憂いを帯びた。

「振られちゃった」

「ごめん」

「あーあ、僕の負けだ」

アルベリクは、深々とため息をつきながら高い天井を仰《あお》ぐ。

「負けって？」

「オラール先生に、『きみが行ってもナオキは帰らないよ』って言われたんだ。悔しくて、絶対連れて帰ろうと思ってた。連れて帰れるって、信じて疑わなかったよ」

彼の自信はもっともだった。ナオキ自身、どこまでさかのぼってもアルベリクに逆らった記憶がない。そもそもアルベリクはナオキにできないことを要求しなかったし、ナオキは彼の言うことはなにもかも正しいのだと思っていた。

「オラール先生はさ、本当にきみが可愛《かわい》いんだよ、ナオキ。いまだから言うけどね、僕は昔から、何度彼に、きみと別れるよう言われたかわからないよ」

そんな話は初耳で、ナオキは驚いてアルベリクを見返した。

「『ナオキを甘やかすな。あの子の手を離せ。それがナオキのためにならないとなぜわからない』って何度も言われた。でも、ナオキ、僕はきみを愛していたし、なんでもしてあげたかった。そう思うことがどうしていけないのかわからなかった」

「アル……」

「だけどいま僕も、オラール先生は正しいのかもしれないと思ったよ。きみは、きみを育てたガルニエ宮と、僕から、離れる必要があったんだね」

二年前にも、アルベリクとナオキは一度〝お別れ〟をした。だけど今日は、そのときよりも、もっとはっきりと、揺るぎない決別を予感させて、ナオキの胸をしめつける。

「今度こそ、本当にさようならだね？　ナオキ」

念を押すアルベリクの声に、背中がひやりと冷たくなった。

ナオキのほとんどがバレエでできているとしたら。残りはアルベリクでできている。彼と離れるということは、自分をいくらか失うということと同じだった。こわくて、痛くて、これが別れなのなら、ナオキはいままで本当の意味での別れというものを知らずに生きてきたのだ。

「ナオキ？」

アルベリクが優雅に手を差し出して、ナオキに握手を求めた。握手なんて他人行儀だ。つまりアルベリクは、もうナオキにキスもハグもしないと決めたのだとわかる。ますます身が痛くて、ナオキはコートの上から心臓を擦《さす》った。

「アル」

「なあに？」

「……死んじゃいそうだ」

ナオキの率直な訴えに、アルベリクは甘く微苦笑した。

「馬鹿だねナオキ、僕もだよ」

首を傾げてにこりと笑うアルベリクの頰《ほお》にも、緊張した痛みが見える。

「死んじゃいそうで、だけどナオキは僕を選ばないんだ」

痛みをこらえて今度は頷いた。アルベリクの手を握って、離す。

「さよなら、アル」


帰りは電車を乗り継いで帰った。日本に来ておよそひと月。駅で日本語が読めなくて戸惑うことは多いが、添えられているローマ字を辿《たど》れば、迷って途方に暮れることはないことくらいは学習していた。

アパートの近くのブーランジェリーで、クロワッサンとサンドイッチを買った。小銭も数えて出せるようになったので、六百二十六円ちょうどを支払う。なのにパンの入った袋を差し出されて「メルシ」とフランス語が出た。

店を出ると、空が暗くなりはじめていた。日が暮れるにははやいから、天気が崩れるのだろう。雨は嫌いじゃないけれど、濡れたくはないので自然と早足になった。

急な坂の上に、小さなコンクリートのアパートが見える。そこに住んでいるという実感はないのに、帰ってきた、と思った。狭い階段を上がると、二階のスタジオからかすかに音がこぼれてくる。ドアを開けると、ひとりでバーレッスンをしていた清親と鏡越しに目が合った。

「――――」

なぜだか喉《のど》が詰まって、ナオキはひっそりと息を止めた。清親が、バーの上段にかけていた足をおろして、音楽を止める。レッスンを中断させるつもりはなかったので、続けてくれと言いたかったが、声にならなかった。

「……どうした？」

どうしたのかは、自分が知りたい。一心に、清親を見つめることしかできない。

「なにかあったのか？」

清親がナオキの正面に立つ。ナオキはゆるゆると首を横に振って否定して、それなのに「アルが」と口にした。心と身体《からだ》がまったく繫《つな》がっていないみたいで、ふわふわと心許《こころもと》ない。

「アルの、見送りに行ってきたんだ」

ナオキが言うと、清親は「そうか」と平坦な声で相槌をうった。

「一緒に帰ろうと言われた」

「……そうか」

清親の声からは、感情はなにも読み取れなかった。もし自分が、もっとたくさんの経験をしていて、ひとの心に聡《さと》かったら、いま清親の気持ちが少しはわかったのだろうか。けれど、どうして自分が清親の気持ちを知りたいと思うのかがわからなかった。ナオキがいつパリに帰るかなんて、清親には関係ないことだ。これはナオキの問題だ。

でも、とナオキは痛む胸をおさえた。

たしかに清親にとってはナオキが日本に留まろうとパリに帰ろうと、どうでもいいのかもしれない。けれど、いまナオキがアルベリクの手を拒んでこうしてここにいるのは、清親のせいだった。

「俺には、日本にいたい理由なんかないんだ。文字は読めないし、言葉もうまくないし、箸も下手だし、知人もいないし」

並べれば並べるほどわからなくなる。なら、自分がここにいる利点はひとつでもあるのか。

なにを求めて、なにをしたくて、なにができると思ってここにいるのか。

ひとつも思いつかなかった。

けれどそれは空港でも同じだった。日本にいつづける意味を思いつかなくて、アルベリクと帰ろうと思った。

「——なのに、……きみの、顔が」

ナオキの声が泣き出しそうに掠れて、清親が首を傾げた。

「どうしてだろう、急に、きみの、顔が浮かんで」

チカリと、また同じ光が閉じたまぶたの裏に映る。眩しくて、ナオキはきゅっと子供のように眉を寄せた。

「それで、帰れないって、言ったんだ。彼の手を取れなかった」

眩しさが去ってから、そろそろと目を開ける。睫毛《まつげ》を上げて清親を見た。

「——————」

清親は、これ以上ないくらい目を見開いて、ぽかんと口まで開けていた。呆然だろうか、驚愕だろうか。時間が止まってしまったような清親の反応に、自分がおかしなことを言ったのだとわからされた。

「…………」

わけもわからず、温度計の中で赤い水銀が上昇していくように羞恥《しゅうち》が高まる。胸、喉、耳、と熱が上がって、瞳まで熱くてナオキはぎゅっと目を閉じた。それでもそんな程度のことではとてもやり過ごせなくて、そこでようやく清親の前から去ることを思いついた。足を踏み出す。床が氷のようで、いまにも滑って転んでしまいそうだと思った。

「あ、おい……っ」

へっぴり腰で逃げ出すナオキを見て、清親が我に返ったように声をかけてくる。ナオキはびくりと背中を揺らして、その自分の動きに助けられるようにスタジオを飛び出した。階段を上がって、もどかしく鍵を開け、部屋に転がり込む。

背中でドアを閉じ、震える息を吸って、ゆっくりそうっと吐いた。急に気が抜けて、ずるずるとその場にしゃがみ込む。

思ったことを言っただけだ。日本には馴染《なじ》めない。だけど清親の顔が浮かんだからフランスには帰らなかった。自分でも、それのなにが恥ずかしいのかわからない。だけど自分のどこかが強烈な羞恥を訴えている。ナオキはコートの胸元をきつく握りしめた。

そのまま、どのくらいの時間が経ったのかわからない。背中をつけた玄関のドアの外で、廊下を進む足音が聞こえた。この階には、ナオキと清親の他に、あとふたり住人がいる。けれど清親だと思った。息を止めて、背中を緊張させる。

足音が、ちょうどナオキの部屋の前で止まる。ドアを隔ててすぐ向こうに清親がいると思うと、どうしたらいいのかわからなくなった。部屋のもっと奥に逃げたいような、ドアを開けて彼を迎えたいような気持ちが同時に込み上げる。

長いこと、清親はただそこに立っていた。そのうちナオキは、本当にドアの外に清親がいるのかどうかを疑う。足音を聞いたとか、彼が外にいるとか、それ自体が自分の都合のいい思い込みのような気がしてくる。音を立てないように立ち上がり、そっとドアスコープを覗いた。

するとたしかに清親はすぐそこにいた。俯《うつむ》いて、じっと立ち尽くしている。

息を詰めて、ナオキがそのまま動けないでいると、清親はしばらくして顔を上げ、ふいと踵《きびす》を返した。

ナオキは驚いて、咄嗟《とっさ》にドアを開けてしまう。勢いよく開いたドアに、清親が振り返った。

「――なんで」

まさかずっと玄関で息を潜めていたとも言えなかった。清親も、単に驚いただけで、返事を期待したわけではないらしく、気まずげにナオキから目を逸《そ》らす。

ナオキも困って、大きく開けたドアをまたそろそろと閉じようとした。けれど、清親が歩み寄って、それを阻むほうがはやかった。力強くこじ開けられ、ナオキも覚束《おぼつか》ない足で廊下に出る。

「直希《なおき》」

清親はいつもナオキのことを「おまえ」と言う。名前を呼ばれたことなんて、一度か二度あったかどうかだ。胸にトンと刺さるようなはっきりした発音は、この名前が日本語で綴《つづ》るのだとナオキに教えるようだった。

「決めたよ。俺、コンクールに出る」

ぱち、とナオキは目をまたたいた。コンクールに出る。あんなにいやがっていたのに、なにか、心境の変化があったのだろうか。

清親がなにを思ったのか知りたくて、黒々とした瞳を覗いた。

彼の苗字の『如月《きさらぎ》』は、日本の古い言葉で二月という意味なのだという。清親の目は、二月の凍った夜を結晶にしたみたいに澄んで深い色をしていた。

決意を閉じ込めたまなざしにまっすぐに見つめ返され、目の前でなにかがぱちんと弾《はじ》けたみたいに感じた。視界が広がり、すとんと腑《ふ》に落ちるようにして、自分のすべきことがわかる。

「そうか。なら俺は、きみの代わりに公演に出るよ」

『白鳥《はくちょう》の湖《みずうみ》』のジークフリート王子。狩りに出た湖で、白鳥に姿を変えられた美しい娘、オデットと出会い恋に落ちる。彼女と結婚しようと舞踏会に招待するが、現れたのはオデットにそっくりの、悪魔の娘オディールだった。けれど王子は気付かずに、オディールとの結婚を誓ってしまう。

結末はカンパニーによってさまざまだ。ハッピーエンドの場合もあるし、そうでない場合もある。高郷《たかさと》バレエ団では、王子は許しを乞いにふたたび湖に向かうが、悪魔ロットバルトとの戦いに敗れてしまうという悲劇的な終わりかたを採用していた。オデットがロットバルトに連れ去られてしまい、王子がひとり嘆きに倒れ込むところで幕がおりる振付は、ガルニエ宮が繰り返し上演してきたものと同じ、いわゆるヌレエフ版と呼ばれている改版だ。

パリでも練習を積んだ演目だった。同じ演目でも、カンパニーが違えば演出が違うので、覚えなおすことも多少あったが、鞠子の意向か、高郷バレエ団の『白鳥の湖』はガルニエ宮のものと全体的によく似ている。戸惑うことは少なかった。

鞠子《まりこ》はもともとガルニエ宮が好きだったのかもしれない。年末に見た『くるみ割《わ》り人《にん》形《ぎょう》』も年明けの『眠《ねむ》れる森《もり》の美女《びじょ》』も、やはりナオキのよく知っている演出だった。本当は鞠子がガルニエ宮で踊りたくて、けれどそれが叶《かな》わなかったから、子供に夢を託したのではないかと、そんなふうに考えてしまう。

バレエの英才教育なら、かならずしもフランスでなくてもいい。イギリスのロイヤルバレエ学校、ロシアのワガノワバレエ学校。世界的に有名なバレエ学校は他にもあるのだ。その中からガルニエ宮を選んだ理由を、鞠子に訊いてみようかと意地の悪い気持ちで思う。

けれど、すぐに思いなおした。「本当はあなたがガルニエ宮で踊りたくて、けれどそれが叶わなかったから俺をバレエ学校に入れたんですか」と訊いて、たとえばそれが図星で鞠子を傷つけたとして、それで自分は満足するのだろうか。

そうではないと思った。ナオキはこの国に、鞠子に嫌味を言って傷つけるためにやってきたわけではない。

それに、ひとを恨んだり妬んだりしてはいけないと言われてきた。そういう気持ちを持ってしまったら、自分が唯一持っているバレエダンサーとしての長所――いわく、ガルニエ宮にふさわしい気品がある――を失ってしまう気がする。そうしたら、もう自分は何者にもなれなくなる。

母親を恨んでいるのか、と小さいナオキに問うたひとがいた。オラール先生だ。そのときナオキは十三歳だった。バレエ学校に入って最初の一年は泣いてばかりで過ごし、二年目に我慢と諦めを覚えたあとの、三年目の年で、ナオキはそのとき「たぶんそうです」と答えた。自分の置かれた境遇を理不尽だと思っていた。帰る場所もない自分は不幸で、それは母親のせいなのだと思っていた。オラール先生は頑是無く唇《くちびる》を嚙《か》むナオキの小さな頭を撫《な》で、「それはいけない」と言った。

『ナオキ、きみのバレエはうつくしい。それを鈍らせてはいけない。毅然《きぜん》として、うつくしくありなさい。うつくしいということは、強いということだ。強くなるんだよ。いまは差し伸べられる手に摑まっていいが、いずれはひとりで立ちなさい』

どきりした。オラール先生のかつての言葉を、ここまではっきりと思い出したのははじめてだった。毅然とうつくしくありなさい。その部分だけをひたすら繰り返して思い出していたけれど、そうだ、あのときも、オラール先生の話はとても長かったのだ。

間違っていたのだと、やっと気付く。心を揺らされることなく無感動にいろなんて、オラール先生はひとことだって言わなかった。ナオキが勝手にそう思い込んだのだ。必要ないものをそぎ落として、欲を持たず、シンプルに。それがうつくしくあることで、自分にできる唯一のことだと思っていた。

強くなるんだよ。いずれはひとりで立ちなさい。

けれど自分は十年経ったいまもそれができなくて、だからオラール先生は、ナオキを役から外したのだ。

「ナオキ」

鞠子の声に、はっと我に返る。

レッスン中だった。ナオキと、オデットとオディールを踊るパートナーのふたりだけで、鞠子の指導を受けている。第三幕、オディールのヴァリアシオンのレッスンに熱が入っていて、ナオキはそれを見るともなしに眺めていた。ぼんやりしていたせいで、意識が遠くにいってしまっていたようだった。

「レッスン中に他のことを考えるのは感心しません」

「すみません」

ナオキは、寄りかかっていたバーから身体を起こした。

「いいわ。あなたが思う王子の解釈を聞かせて」

解釈、とナオキはつい、うんざりとした声を出してしまう。

きみの解釈は？　きみはどう考える？　そう訊ねられるのがナオキは一番苦手だ。

だけど、避けて通れることではない。舞台で演じて踊ることを職業とするなら、かならず考えなければいけないことだった。

「……なにも不自由がない。素直。ひとを疑うことを知らない」

ナオキの答えに、鞠子が「いいと思うわ」と頷いた。

「オデットに会ってどう感じるの？」

悪魔の呪いで白鳥の姿に変えられたオデット。ナオキはぼそぼそとはっきりしない声で「きれいだと思う」と答える。これには鞠子は少し呆《あき》れたような顔をして、けれど否定はしなかった。

「じゃあ、オディールを見てなにを思うの？」

オディール。恋した相手にそっくりな姿で、自分が招待した舞踏会に現れたもうひとりの女性。

「違和感があって、だけど、彼女がオデットだと信じたい」

「ロットバルトに騙《だま》されてどんな気持ち？」

ロットバルトは悪魔だ。しかも、ガルニエ宮の『白鳥の湖』では、彼は王子の家庭教師でもある。自分の身近にいた者が、オデットを苦しめ、自分を騙していた。

「騙されたことより、オデットに申し訳なくて、自分が情けない」

淡々と答える。鞠子は不可解そうな顔になり、「考えてないわけじゃないのね」と言った。

それはそうだ。パリでも、役の解釈に関してはオラール先生と何度も話し合った。学校の授業のように、レポートを書いて提出したことも一度や二度じゃない。ナオキなりに、王子の性格、心の動きを考えて、その上で踊っている。

けれど、結局、ナオキはそれをバレエで表現できないのだ。鞠子の困惑は見たことがある。オラール先生も同じような表情をしたからだ。

あのときから、自分はやっぱり少しも成長していない。そう思い知って、ナオキは黙って目を伏せた。

「もう一度、黒鳥のグラン・パ・ド・ドゥを通して、今日は終わりにしましょう」

ナオキの落ち込みに気付いたのか、鞠子がパンと手を叩《たた》いて気持ちを切り替えさせる。

俯いていても仕方ない。自分には踊ることしかできない。鳴り出した音楽に、ナオキは背筋を伸ばして顎《あご》を上げた。

レッスン後、駅前のコンビニエンスストアでミネラルウォーターを買って帰った。アパートの階段をのぼり、もう癖のようにスタジオの前でいったん足を止める。電気がついていたのでドアを開けると、清親はミニコンポの前であぐらをかいていた。背中を向けているが、鏡に目を向けると表情もわかる。目を閉じて、険しい顔をしていた。

かかっているのは『コッペリア』第三幕、フランツのヴァリアシオンだ。シンプルなピアノの演奏にピンときた。コンクールの課題曲を収めたCDだろう。コンクールでは大抵、主催側から提示された課題曲の中から出場者が一曲を決めて踊る。曲は申し込みの時点で決めなければいけないので、出場自体を渋っていた清親にゆっくりと悩む時間はないはずだ。

「――コッペリアはきみのイメージとは違うんじゃないか？」

声をかけると、清親が目を開けて、むっつりとナオキを振り返った。

「うるせえな、わかってるよ、そんなの」

曲が変わって、『眠れる森の美女』の青い鳥が流れ出す。ナオキは、清親が床に広げていた数枚の紙を拾い上げて目を通してみた。課題曲の一覧のようだが、漢字ばかりで読めない。いくつか斜線が引いてあるのは、すでに候補から外した曲なのだろう。数えてみると、四曲が残っていた。

「鞠子先生は、海賊《かいぞく》かパキータかドンキがいいんじゃないかって言うんだけどさ」

妥当な選曲だとナオキも思う。清親には、上品な王子より、情熱的で力強い役のほうが合う。そうなると、コンクールに持っていくならそのあたりが手堅い。ナオキなら候補から真っ先に外しているだろう曲だった。彼とナオキの個性は正反対だ。

「でも俺は、『パリの炎《ほのお》』をやりたい」

床に座った清親が、立っているナオキを挑むように見上げた。

『パリの炎』——ナオキがアルベリクに頼んで、清親の前で踊ってもらった曲だ。

「いいと思う」

ほろ、と考えるより先に言葉が転がった感じだった。ぽつんと同意したナオキに、清親が「え?」と訝《いぶか》しげに首を傾げる。自分が踊りたいと言ったくせに、ナオキに反対されると思っていたような、そういう反応だった。

「いいのか?」

「なにが?」

「……いや、いいなら、いいんだ」

いいと思う、とナオキはもう一度言った。今度は考えながら話す。

「『ドン・キホーテ』は人気がある曲だから、相当抜きんでてうまくないとコンクールでは目立たない可能性がある。海賊もパキータも同じだ。その点、『パリの炎』なら、珍しくはないけれど、エントリーが集中することもない。きみに合ってると思うし、俺はいい選曲だと思うけれど」

そうか、と清親はどこか気が抜けたように呟《つぶや》く。

「俺が、踊るなと言うと思っていた？」

そうとしか見えない反応だったので訊ねると、清親はばつが悪そうに視線を惑わせた。

「そこまでは思わなかったけど、……困るんじゃないかとは、思ってた」

「どうして？」

「――バローが」

「アルが？」

清親はそこで不貞腐《ふてくさ》れたように黙って、しばらくしてから観念したように口を開いた。

「おまえがバローにリクエストした曲だろ。おまえにとって、特別な曲なのかと思った。バローが踊ることに意味がある曲なんじゃないかって」

ナオキは驚いて清親を見つめた。清親が、気まずげに目を逸らす。

パリの炎は、清親に見せたかったから、アルベリクに踊ってほしいと頼んだのだ。あのとき、ナオキの頭にはいくつかの候補が浮かんでいた。その中から、清親が踊っているのを見たことがなくて、自分が清親の前で踊ったこともなくて、なおかつ、清親のイメージに合う曲を選んだ。それが清親の糧になると思ったからだ。

けれどそれをわざわざ口にするのも押しつけがましく感じた。ナオキが黙ると、清親か「それより」と多少強引に話題を変える。

「有利な選曲とか、おまえでもそんなこと考えるんだな」

意外そうに、まじまじと顔を見られる。

「どういう意味だ?」

「浮世離れして、他人のことになんか興味ないように見えるから、争ったり競ったりとは無縁なんだと思ってた」

まさか、とナオキは困惑して首を振った。

「バレエ学校は競争社会だよ」

ただ、清親がそう思うのも無理はない。バレエ学校時代から、ナオキは周りに無欲だと思われていた。たしかに、目をぎらつかせてクラスメイトを蹴落《けお》とそうという意思を持ったことはない。ナオキにとって努力とは、いつも後ろにぴったりとついてくる崖から落ちないためにするものだった。決して一番になりたいからとか、誰かより秀でたいからとかではない。

進級できなかったら帰る場所がない。入団できなかったら帰る場所がない。そう思っていたから、周りを見ている余裕なんてなかった。ひたすら足元を見て、後ろを振り返って、転ばないように、落ちないようにと努めるばかりだった。

「進級のたびに試験があるし、入団するにも試験。入団すれば今度は昇級コンクール。そのたびに課題曲からヴァリアシオンを選ぶから、いやでも、自分が得意で、なおかつ評価に繋がる曲を選ぶ知恵がつく」

　ＣＤの再生が終わり、しゅるしゅると機械の音が耳についた。清親が鼻先に皺《しわ》を寄せた奇妙な表情になる。「キヨチカ？」とナオキが声をかけると、彼はすっきりとした襟足《えりあし》をばりばりと掻《か》いた。

「このあいだ、わかったばかりだったのにな」

「なにが？」

「おまえが、ちゃんと努力して、バレエと向き合ってきたこと。理解したつもりなのに、また俺はおまえのことを侮った」

「あなどった」

　知らない言葉を繰り返すと、清親は「ああそうか」と代わりの言葉を探すように考える顔になり、それから「まあいいよ、悪かった」とさっぱり謝罪した。謝られなければいけないようなことがあったとも思えず、ナオキは釈然としないまま「構わない」と頷く。

「それに、きみのいたフィギュアスケートの世界のほうが、よほど大変なところなんじゃないのか？」

　記録や点数を競う、という感覚が、ナオキにはわからない。長いことそういう世界にいた清親から見れば、バレエ学校の競争なんて小さなことなのかもしれなかった。

　何気ないつもりでそう言うと、途端に清親の顔が強張った。

そういえば、清親は自分からスケートの話をしたことは一度もない。どうしてスケートをやめたのかと訊いたナオキに、清親は「スケートのために習いはじめたバレエのほうが楽しくなったから」と言った。あまり話したくないような素振りで、それだけではないのかもしれないと思ったけれどそれ以上は訊ねられなかった。

カーテンを引いた窓の外で、パアンと車のクラクションの音がした。清親が、CDを取り替える。課題曲のCDはもう一枚あったようで、『シルヴィア』のヴァリアシオンが流れ出した。振付を思い出して、これもいいかもしれない、とナオキは思う。清親は体幹がしっかりしている。回転や跳躍の軸がぶれないし、まっすぐぴたりとポーズが決まるから、見ていていつも清々《すがすが》しかった。

それもスケートの素地のせいなのかもしれない。あんなに滑る氷の上で、あんなに細いエッジ一本で立ち、踏み切って空中で回転をするなんてナオキには考えられないことだった。

「だからやめたんだ」

清親が低く呟く声に、ナオキはどきりとした。沈黙が長くて、どこから繋がってきた話なのか理解が遅れる。だからやめた。それは、スケートの世界のほうが大変だろうというナオキの発言を受けての言葉だった。

「最初は楽しかった。難しいジャンプが跳べるようになって、複雑なステップが踏めるようになって、氷の上で自分は自由なんだって思ってた」

ナオキは頷きながら、コートを脱いで清親から少し離れたところに腰をおろした。

ナオキは清親に手を引かれることしかできなかったけれど、それでも氷の上の特別な感覚は鮮やかに覚えている。自在に滑ることができたなら、それはたしかに地上とは比べものにならないくらいの自由であるに違いない。

「夢中で練習して、難しいプログラムを組んでもらって、競技会に出るのも楽しかった。当時同年代に俺よりうまいやつはいなくて、天狗《てんぐ》になってたのかもしれない。練習でも滅多に成功しないジャンプを、コーチに止められてるのに競技会で勝手に跳んだり、逆に簡単なジャンプにレベルを落として手を抜いたりして、怒られることが増えた」

そこで清親が一度言葉を切る。ナオキは手に持っていたコンビニエンスストアの袋から、ミネラルウォーターのペットボトルを出して清親の近くに置いた。清親が礼を言って、ひと口水を飲む。ふう、と息をついて、また口を開いた。

「いまでも、どうしてなのかわからない。本当に、突然、リンクの上に数字が見えるようになった」

「数字？」

「自分の滑った跡に、点数が落ちてる。トリプルアクセル、8・5点、トリプルルッツ、トリプルトゥループのコンビネーション、10・1点。フライング足替えシットスピンレベル4、3・0点。黒い数字のおもちゃみたいなものがリンクに落ちてて、それをよけるのにスケーティングが乱れたり、よけられなくて転んだりするようになった。もちろん実際リンクの上にはゴミひとつ落ちてない」

痛ましくて、ナオキは黙って目を伏せた。自分が繰り返し見る悪夢を思い出す。踊れないのに舞台に放り出される。眩しくて目が開けられないのに音楽が鳴る。

わずかに共感できる程度にはきっと似ていて、けれど清親にはそれが現実だったのだ。夢でも胸が潰れるほどにおそろしいのに、現実なら、そんなのは、ナオキには想像もつかないくらいの恐怖だった。

「それで、気がついたら音楽が聞こえなくなってた」

清親は震える息を吐いて、また水を飲んだ。

「耳が聞こえなくなったということ?」

「いや。……なんて説明すればいいんだろうな。聞こえてはいたんだ。なのに、自分の動きがまったくそれに合わない。耳が聞こえてないんじゃないかと思うくらいちぐはぐで、だけど機械みたいに身体が勝手に動いて、完璧なジャンプをおりる。気味が悪くて仕方なくて、練習に行かなくなった」

「それは、いくつのときの話?」

「……十五だな。世界ジュニアで優勝して、そのすぐあとだった」

十五のナオキはまだバレエ学校の生徒だった。五年目にあたる第二学年にいた年で、その頃にはもう、学校にも寮生活にも馴染み、特別な不満も苦しみもなかったように思う。アルベリクがいて、彼の家族がいて、先生がいて、仲間がいた。思えばその頃は、ナオキのこれまでの人生の中で一番穏やかな時期だったかもしれない。

そんなときに、清親はひどく厳しい境遇に身を置いていたのだった。

「ただ、リンクに行かなくなっても、身体を動かさなきゃいけないっていう気持ちはあったんだろうな。それで、当時無駄だと思って回数を減らしていたバレエのレッスンに通うようになった。実家のある長野の小さいバレエ教室だけど、月に一度、鞠子先生のレッスンの日があったんだ。それではじめて鞠子先生に会った」

急に出てきた鞠子の名前に、胸がざわりと波立った。少し前のナオキだったら、「母の話は聞きたくない」と清親の話を遮っていたかもしれないと思う。

「そのとき先生に言われた。『あなた、筋はいいけど他が最低だわ』」

「ひどいな」

「……おまえとよく似てるよ」

心外だったが、思い返せばナオキも清親にはずいぶんと率直な批判をしたのだった。

「『音楽性というものがまるでないのね。情緒をどこに捨ててきたの』って言われて、殴られて目が覚めたみたいな気がした。そのとき鞠子先生が、少しだけ踊って見せてくれたんだけど、……あれはすごかったな、音楽そのものみたいだった。その場で、俺にバレエを教えてくださいって言ったよ。それでスケートをやめて、バレエに専念するようになった」

ナオキはそっと清親の表情を窺《うかが》った。苦しんだ先で、自分で選択したいまの道に満足しているのがわかる、すっきりと凜々《りり》しい横顔だった。

「自分にはスケートしかないと思うことはなかったのか？」

思わず訊ねると、清親がゆっくりとナオキに目を向けた。

「スケートは好きだったよ。だけど違うんだって思った。俺はアスリートにはなれなかった。スケートをやめたばかりの頃は、自分は逃げたんじゃないか、楽しようとしているだけじゃないかと思うこともあったけど、いまはバレエが好きで、バレエを選んだって自信を持って言える。俺は二度と、競技の世界には戻らない」

自分と清親は、似ているけど違う。正反対だけどどこか似ている。

だから気になってしまうのだろうか。知りたいと思うのだろうか。ナオキは「そうか」とだけ呟いて、長い清親の話を心の奥のきれいなところへ大切にしまった。

「おまえは？」

「え？」

「おまえはどうして日本に帰ってきたんだ？」

訊ねられて戸惑う。日本に来た理由を、言葉で説明するのは難しい。けれど、清親には話したいと思った。きっと清親も、思い出して口にするだけでも痛いだろうことを話してくれた。

「ガルニエ宮の公演で、『白鳥の湖』のジークフリート王子を踊ることが決まっていたんだ」

ギョッと清親が目を瞠《みは》る。ナオキのことを、ガルニエ宮で主役を踊るようなダンサーだとまでは思っていなかったに違いない。たしかにナオキの階級で主役を与えられることは滅多にない。けれど、稀《まれ》に今回のようなキャスティングがある。アルベリクも、ナオキと同じスジェだったときに『ドン・キホーテ』のバジルを踊って、ひとつ階級をスキップする形でエトワールに就任した。

「リハーサルも進んでいた。だけど、リハーサルコーチに言われたんだ」

――ナオキ、可哀相《かわいそう》に。きみには決定的に足りないものがある。きみはガルニエ宮のバレエを体現した、奇跡のようにうつくしいダンサーだ。けれど器だけでは物語は作れない。残念だけれど、ナオキにはまだはやかったんだね。

「足りないものって?」

「わからない。そもそも、俺が持っているものなんてあったんだろうか。国もなくて、家もない。たまに、自分がどうやって存在してるのか、わからなくなる」

よるべない、というのだろうか。ふと振り返ろうとして、自分の生まれも育ちも判然としないことに気付く。ならどうして自分はここにいるのだろうと不思議になる。夜に空を見上げて、わけもなく不安で世界のことがよくわからなくなる感覚に似ていた。

清親が、いたわしげに眉をひそめる。

「俺は、自分が何者なのかを知りたい。どの国を愛して、誰を愛せばいいのかを知りたい。だから、一度、自分の生まれた国を見てみたいと思って、――」

ナオキはそこで、呆然と言葉を途切れさせた。口を開けて硬直したナオキに目を向けて、清親が「どうした」と気遣う声をかけた。

「……俺は、日本生まれじゃなかった」

「は？」

そうだった、自分の生まれた国を訪ねるというつもりで来たけれど、ナオキは生まれも育ちもフランスだ。日本の地を踏むのは、正真正銘、今回が生まれてはじめてなのだった。そういえば、「生まれた国を見たい」と日本行きを告げたナオキに、アルベリクは一瞬不可解そうに眉を寄せた。すぐに取り繕って「ナオキの思うようにしてみるといいよ」と微笑《ほほえ》んだけれど、あのとき彼はきっと、ナオキは日本で生まれてないのに、と思ったのだろう。

清親もなかば呆れ顔で、ナオキは悄然《しょうぜん》として俯いた。

「やっぱり俺は、どこか欠陥があるんだな」

「足りないって、そういう意味じゃないと思うけどな」

清親がミネラルウォーターのペットボトルを返してきたので、ナオキも口をつけて飲んだ。

「やっぱり、『パリの炎』にする。鞠子先生は反対するかもしれないけど、俺がやりたい」

立ち上がり、大きく伸びをして、清親がそう宣言する。ナオキは頷いた。

「俺もきみの『パリの炎』を見てみたい。学校の課題だったことがあるから、自分が教えられたことをきみに伝えることはできると思う。必要なら声をかけてほしい」

ナオキも立ち上がり、身体を伸ばす。全身を覆う強張りに、彼の話にも自分の話にも緊張していたのだと気付かされた。

「本当か？　助かる」

清親の何気ない言葉が、とんとナオキに当たって、ふわりと大きく花開く。

嬉《うれ》しいのだと、その感覚をナオキはぎゅっと胸に閉じ込めた。

「――ひとに頼られるのははじめてだ」

これまで、ひとの手を借りることはあっても、自分から誰かに手を差し伸べることはしたことがなかった。落ち着かないくすぐったさに、自然と甘くはにかむ表情になる。

「嬉しい。きみのために、できる限りのことがしたい」

ほんのりと頬を染めるナオキに、清親は息を呑《の》んで、やっといった仕種《しぐさ》でひとつだけ頷いた。

この国に自分の居場所はないかもしれない。だけど、ここでできることがある。やるべきことがある。そう思えることが嬉しかった。

夜道を清親と歩く。ここ一週間ほどは、毎日清親と一緒に帰っていた。

高郷バレエ団にはレッスンルームがひとつしかない。当然、バレエ団としての公演に向けたリハーサルが優先なので、清親個人のコンクールに向けたレッスンは、夜遅くからはじまることがほとんどだった。ナオキは『白鳥の湖』のリハーサルが終わると、いつもそのまま残って清親のレッスンを見ていく。

現在、清親にはふたりの指導者がついている。鞠子と、鞠子が呼んだ男性ダンサーだ。アメリカのバレエ団に所属していたという経歴の持ち主で、現在三十五歳。指導者としては若いが、見ていると清親への指示も指摘も的確で、眺めているだけのナオキよりもずっと頼りになった。

隣を歩いていた清親が、ふいにふっと笑った。

「キヨチカ?」

「いや悪い。思い出し笑い」

くく、と清親が笑う。

今日も、途中細かく中断をしながらの丁寧な指導だった。三十分ほどで、一度通して一曲を踊り、そこで清親がスタジオの隅に椅子《いす》を出して座っていたナオキを振り返った。

「おまえはどう思う?」

訊ねられ、ナオキは少し考えた。

「最初の、ラン、パラララン、で片膝《かたひざ》をつくポーズのところ、出前のひとみたいだな」

「……………」

ナオキの指摘に、清親が苛立ったように目を細める。

「おまちどうさま、という感じがする」

わかりづらかっただろうかと言葉を足すが、清親はむっつりと黙ったままだ。

ふたりを見て、鞠子が深々とため息をついた。

「膝をついたあとに身体が少し前へ流れるんだわ。それが、皿を差し出しているようにナオキには見えるんでしょうね。上体を保って、肘《ひじ》を上げる。それを意識してみましょう」

鞠子の言葉に清親は頷いて、指摘された部分だけを踊る。相変わらず勘がよく、一度で言ったとおりに修正されていた。「いいわ」と鞠子は清親を褒《ほ》めて、それから呆れ顔でナオキを振り返る。

「ナオキ、あなた指導者には向いていないわね」

たぶんそうなのだろうとナオキも思った。けれどそれを鞠子に指摘されるのもおもしろくなくて、叱《しか》られた子供のようにむすっと黙り込む。

清親は夜道を歩きながら、そのやり取りを思い出したようだった。隣で楽しそうに笑われて、ナオキは憮然《ぶぜん》とした表情を作る。

「どうせ俺は指導者には向かない」

「不貞腐れるなよ」

清親の手が伸びて、ナオキの細い髪をくしゃりとかき混ぜる。ひとに触れられるのは嫌いじゃないが、清親がこんなふうに軽い調子で自分に触るのが意外で驚いた。

「なあ、俺、魚食いたいんだけど」

手は伸びたときと同じくらいあっさりと離れていった。清親の視線を追うと、道路の向かいにある店を見ているらしいのがわかる。「俺はなんでもいい」とナオキは頷いた。

店の看板の横には、メニューのサンプルが出ていた。和食の定食が安く食べられるチェーン店なのだと清親が説明してくれる。店に入ると清親はメニューを一瞥《いちべつ》するなり「ほっけの炭焼き定食。ごはん五穀米に変えてください」と注文を済ませる。ナオキは一通りメニューを眺めて、けれどよくわからなくて結局「同じものを」と頼んだ。

遅い時間のせいか、店内は閑散としていた。四人掛けのテーブルにナオキと清親が向かい合って座っている他は、壮年男性のグループと、家族連れが一組いるだけだ。

三十代だろう両親と、小学生くらいの女の子の三人連れを、ナオキはなんとなく眺める。時間は十一時を過ぎていた。こんな時間に家族で外食をするのは普通のことなんだろうか。

「自分は家族と外食なんてしたことがない、か？」

ナオキの視線をどう読んだのか、清親がそんなふうに言った。言われてみれば、たしかに自分の親と食事をした記憶はない。

「べつに、そんなことを恨みに思っているわけじゃない。たしかに両親と食事をした記憶はないけれど、アルの家族にはよくしてもらったから、誕生日やクリスマスに、パーティや外食をしたことくらいはある」

アルベリクの名前を出すと、清親の眉間《みけん》がいくらか険しくなった。

彼との結婚を考えたという話をして、清親の機嫌を損ねたことは記憶に新しい。アルベリクのファンである清親の前でこの話題はよくなかったのだとナオキは口を噤む。

ほどなくして、大きなトレイに乗った定食が運ばれてきた。紫がかった色をした五穀米と味噌汁、焼き魚の皿、それから豆腐と煮物の小鉢。清親が「いただきます」と箸を割って味噌汁に手をつけたので、ナオキも倣《なら》って同じように椀《わん》に手を伸ばした。

「前に、鞠子先生のことを、母親と思っていないって言ったよな」

清親の言葉に、今度はナオキが眉をひそめた。

「いまもそう思ってるのか?」

いやな話題だ、とナオキは皿の上の魚を箸の先でつつきながら思う。だいたい、この焼き魚は大きすぎる。これはいったいどうやって食べるのだろう。

「思っている」

魚をいったん諦めて、豆腐の入った小鉢を手に取る。だけど豆腐もぐしゃぐしゃと崩れて箸に乗らなかった。

「だけど、恨んでいるとか憎んでいるとか、そういうわけじゃない。いまは本当に、実感がないだけなんだ。きみだってたとえば、顔も覚えていないほど昔に会っただけの女性がいきなり現れて、実の母親ですって言ってきたって、ママンって叫んで抱き合ったりできないだろう？」

ナオキの理屈に、清親は否定も肯定も示さなかった。難しい顔で黙り込んで、それからナオキの前から焼き魚の皿を取り上げる。

「骨があるんだ。おまえには難しいよな」

清親が、きれいな箸使いで器用に魚の背骨を外してゆく。

「鞠子先生は、おまえがバレエ学校に入ったときに、自分からは会いに行かないと決めたんだって言ってた」

食べやすくほぐされた焼き魚がナオキの前に戻ってくる。礼を言って箸をつけた。素朴な味がする。日本食だと、当たり前のことを思った。

「昔、俺と同い年の息子《むすこ》がひとりでフランスにいるって知ったとき、訊いたことがあったんだ。会いに行かないんですか、息子さん可哀相じゃないですかって」

きっと、十五や十六のときの話なのだろう。自分が知らないところで、清親がナオキの存在を知って可哀相だと言っていたのかと思うと不思議だった。

「そうしたら、鞠子先生は、ずっと一緒にいてやれないのに、たまに顔を見せて母親ぶるほうがよほど残酷だわって言った」

「そうか」

「それに、おまえは知らないだろうけど、鞠子先生は何度もガルニエ宮に行ってる」

これには驚いた。ナオキは思わず箸を止める。

「学校公演があるよな。毎年見に行ってるって言ってた。ここ数年も、スケジュールを調整して、おまえの出る公演を見に行ってた」

知らなかった。カーテンコールのときには客席が明るいから、舞台から知った顔を見つけることはよくあった。かつての同級生やアルベリクの両親、ときに、オラール先生やアルベリクも客席からナオキに拍手をくれた。けれど、鞠子を見つけたことは一度もない。見つけられなかったのなら、心ないのは自分だったのかもしれない。客席に鞠子がいるかもしれないなんて考えたこともなかった。

自分を包むたくさんの拍手の中に、母親の手があったなら。

その光景を想像すると胸が詰まって、ナオキは静かに箸を置いた。


翌日の朝、父が久々にナオキのアパートを訪れた。出勤前の父は品よく整ったスーツ姿で、対して玄関先に出たナオキは、ショートパンツにTシャツというあきらかに寝起きのていだった。

「ごめんね、起こしちゃったかな」

おっとりと微笑む父に、ナオキは「大丈夫」と目を擦《こす》った。この部屋に電話は引いていないし、ナオキは相変わらず携帯電話の類《たぐい》を持っていないので、ちょっとした話があるだけでも直接会う必要がある。不便をかけているのはナオキのほうだった。

「よかったら今夜、三人で食事でも、と思ってね」

「三人？」

「きみと、鞠子と、僕で」

家族で、と言わないのは父の躊躇《ため》いなのだろうか。それとも、父もナオキを家族だとは思えないでいるのだろうか。

考えてみたら、フランスでナオキを産んで十歳までは手元で育てた鞠子と違い、父はほとんどナオキを知らないのだ。年末年始や夏の休暇でフランスには来ていたというが、ナオキはあまりそのときのことを覚えていない。そういうのは、息子というより親戚《しんせき》の子供のような感覚なのではないだろうか。ナオキにとって父がそうであるのと同じだ。

ナオキが黙ったのを否定と取ったのか、父は困ったように微笑した。

「今日は、鞠子の誕生日なんだ」

どきりとする。ナオキは母の誕生日も歳も知らなかった。昨日と同じ苦味が胸に込み上げる。鞠子もナオキを知らないだろうが、ナオキのほうが、ずっと鞠子を知らない。いないものと思って、知ろうとも思わなかった。

だけどたとえばもし、小さなナオキが手紙を書けば、鞠子は返事をくれたのかもしれない。はじめてそんなふうに思う。

電話をかければ話ができたかもしれない。公演のチケットを送れば舞台を見てくれて楽屋に会いに来てくれたかもしれない。だけど、なにもしなかったのはナオキなのだ。

「行きます」

ナオキが頷くと、父はほっとしたように息をついた。

「そうか、ありがとう。なにが食べたい？　やっぱりフレンチがいいかな？」

「……もし、迷惑でないなら」

「うん？」

「家に、お邪魔してもいいですか」

ナオキの言葉に、父は驚いたように目を瞠る。それから相好を崩して「もちろんだよ」と嬉しそうに声を弾ませた。

「そうと決まればすぐに鞠子に連絡しないと。ナオキ、今日の予定は？」

「今日はバレエ団のレッスンが休みなので、特に予定はないです」

「それなら、会社の帰りに迎えに来るよ」

そう約束して、父は帰っていった。

たったそれだけのやり取りにも疲れて、ナオキは部屋に戻るとソファに倒れ込む。

いままで自分は、本当に、流されて手を引かれて生きてきたのだ。自分から踏み込んだり要求したりすることが、こんなにエネルギーを使うことだとは思わなかった。

その日は午前中に階下のスタジオで自主レッスンをして、シャワーを浴びて午後からは外に出かけた。駅前の商業施設に入る。誕生日なら、なにか贈り物が必要だ。

アクセサリーや小物などいろいろ見たが、鞠子の好みがわからず、結局花束を買って帰った。またどっと疲れて少し休む。そのまま眠ってしまって、チャイムの音ではっと飛び起きた。慌てて身支度を整えて、父の車の助手席におさまる。

高郷家は、ナオキが住むアパートから車で十分ほどの距離だった。閑静な住宅街にある一戸建てだ。レンガ敷きの玄関アプローチには、鞠子の趣味なのか緑がたくさん植えてあった。冬のこの時期でも花を咲かせている種類もあって、よく手入れされていて品がいい。

「ただいま」

玄関を開けて父が声をかけると、奥から鞠子が出てきた。

「おかえりなさい」

まさか自分も「ただいま」とは言えず、ナオキは「おじゃまします」と応えて靴を脱ぐ。

玄関は吹き抜けになっていて、すぐ目の前に二階へ上がる螺旋階段《らせんかいだん》があった。案内された広いリビングルームには大きなテーブルがあり、すでにたくさんの料理が乗っている。

「きみの誕生日なのに、ずいぶん張り切ったんだね」

父がからかいを含んだ調子で言うと、鞠子は戸惑いと恥じらいを含んだ若い娘のような表情になった。素直に可愛いなと思えたのが、彼女に対する緊張感が多少やわらいだせいなのか、それとも親子だという自覚がないせいなのかはわからない。

「誕生日、おめでとうございます」

ナオキは手にしていた花束を鞠子に渡した。白い薔薇《ばら》にしたのは、いつかバレエ団に飾ってある写真を見たときに、『白鳥の湖』や『ジゼル』など、バレエ・ブラン——白いバレエを撮影したものが多かったことを思い出したからだった。

「鞠子が白が好きだってよくわかったね」

「白に憧れないバレリーナはいないのよ。ありがとうナオキ、嬉しいわ」

座って、と言われてテーブルにつきかけて、ナオキはふと壁に目をとめた。背の低い収納棚の上に大きなコルクボードが置いてある。ピンで留めてあるのは、ナオキの写真だった。

近寄ってよく見ると、写真だけでなく、公演のチケット、チラシ、公演の評価が載ったフランスの新聞や、インタビューを受けた雑誌の切り抜きなどがびっしりと留めてある。

昨日清親が、鞠子が何度も公演を見にフランスに行っていると言っていたのは本当だったのだ。疑っていたわけではないけれど、こうして目に見える形で残っているものを見ると、事実が胸に迫って感じた。

「見に来てくれていたんですね」

ナオキが言うと、鞠子は「ええ」と短く頷いた。

『ジゼル』第一幕、ペザントのパ・ド・ドゥの、ピンクの衣装を着たナオキの写真が、真ん中の一番目立つ場所に貼ってある。最終学年の年の学校公演だ。学校公演には毎年出ていたが、ナオキもこのときの役と出来が一番思い出に残っている。

「そのペザントを見て、ああ、ナオキはバレエダンサーになったんだって思ったわ。まだ学校を卒業していないのに、いつかエトワールになるあなたの未来が見えた気がした」

「エトワールなんて、俺には」

「そうかしら、わたしはそうは思わないわ。どうぞ、座って」

テーブルに促され、三人で食卓を囲む。ナオキを気遣ってか、食事はすべて洋食だった。チキンのトマト煮、ベーコンとほうれん草のキッシュ、バケット、シーザーサラダ。

大きめのスープカップによそったポトフを置かれ、スプーンですくって口に入れた。

「――――」

なにか思うより先に、ジンと胸が震えて涙が込み上げる。ナオキがスンと鼻をすすると、隣で父がオロオロと慌てた。ティッシュを差し出され、涙を拭いて小さく鼻をかんだ。

「すみません。――知ってる味だった」

ずっと昔、バレエ学校に入る前の記憶だ。薄く揺らいで、食卓もひとの顔も自分の背丈も思い出せないのに、それはたしかに、ナオキの知っている母親の味だった。

会話が弾んだ、とは言い難かったけれど、なごやかな食卓だったと思う。時間をかけて食事をして、食後のコーヒーをもらってから高郷家を辞す。身支度をして玄関で鞠子と向かい合った。父が「車を出してくるよ」と先に玄関を出て行く。

「ごちそうさまでした」

ナオキが言うと、鞠子は「ええ」とぎこちなく微笑んだ。

日本に来て、鞠子に対する印象はだいぶ変わった。だけどまだ、彼女を母とは呼べそうにない。習慣としてのことだと思う。アルベリクとは決別したけれど、フランスに帰ってアルベリクの母親と会えば自分はきっと自然と「ただいま、ママン」と言うのだと思う。確執でも意地でもないのだ。

「俺は、この国で暮らすことはできません」

「……ええ」

「自分の家族というのも、ピンとこない」

鞠子が小さく「ごめんなさいね」と言った。責めているつもりはなくて、ナオキはきっぱりと首を振る。

「だけど、必要ないものだとは思わなくなりました。自分にとって家族とはなんなのか、もう一度考えてみます。公演が終わったらフランスに帰るけれど、日本に来て、会えて、こうやって食事ができてよかったと思います。今日はありがとう」

握手の手を差し出そうとして、少し迷う。それから思い切って、腕を広げた。鞠子の華奢《きゃしゃ》な身体を軽く抱きしめて、頰を寄せる。

ふと、清親のことを思い出した。

父は外食のつもりで誘ってくれたのに、自宅に招いてほしいと言ったのは、昨日清親と話をしたせいだった。清親から見た鞠子の話を聞いていなかったら、コルクボードに集められた自分の写真や記事を見ることもなかったし、懐かしいポトフの味を思い出すこともなかっただろう。

ナオキは鞠子の身体を離し、少し笑う。

「それと、キヨチカはいいダンサーですね」

自分の感情を大きく動かす転機には、かならず清親の顔が浮かぶ。まるでずっと清親に寄り添われているようで、ナオキは甘いような切ないような思いを胸に抱きしめた。

父に車でアパートまで送ってもらい、自分の部屋に帰り着く。疲れ果ててソファに倒れ込み、天井を仰いだ。シャワーを浴びて寝てしまいたい。そう思うのに、忘れ物があるのを教えるように、チカチカと、胸の中で光が点滅する。

起き上がって、ナオキは部屋を出た。そして、隣の部屋のチャイムを鳴らす。

少し間があってから、ドアが開いてTシャツにスウェット姿の清親が顔を出した。シャワーを浴びていたのか、髪が濡れていて、玄関にしずくがしたたる。

「すまない」

「いや、いい」

清親はバスタオルでがしがしと髪を拭きながらナオキを玄関に入れた。

「それで、なにかあったのか?」

訊ねられ「うん」とナオキは頷いた。

「家を訪ねて、母と話してきたんだ」

そう言うと、清親は少し驚いたようにした。昨日も、清親からすればナオキの態度はかたくなに見えただろうから、予想外の話だったのだろう。

「やっぱり急に親子にはなれないけど、少し変われた気がする」

清親が、じっとナオキを見た。どう応えるか迷っているように見える。

「そうか。……偉かったな」

ぎこちない褒め言葉に、ナオキはびっくりして、それから笑った。小さな子供を褒めるみたいだ。だけど素直に嬉しかった。

「ありがとう、きみのおかげだ」

ナオキは清親を、頭のてっぺんから足先までしみじみ眺める。はじめて訪れたこの小さな国に、彼というダンサーがいてよかったと心から思う。

「キヨチカ」

ひょいと清親が首を傾げる。

「なにか踊って見せてくれないか」

ナオキの頼みに、清親は不思議そうに眉を寄せた。

「なんだよ急に。いつも見てるだろ」

そう言われればたしかにそうだった。だいたい夜遅くにいきなり踊れと言われても困るだろう。「そうだな」とおとなしく引き下がって帰ろうとすると、「待て」と清親に腕を摑んで引き止められた。

「わかった、踊るよ」

腕を摑まれたまま、下のスタジオに連れて行かれる。「なんでもいいのか」と清親が訊くので頷くと、清親はCDをセットして小さなスタジオの上手《かみて》側に移動する。ナオキも正面から見たくて、鏡を背にした邪魔にならない位置に移動した。

流れ出した曲は『パリの炎』だった。力強い情熱的な冒頭、中盤は優雅で柔らかい曲調になり、またはじめのメロディに戻る。緩急の効いた華やかな曲が、清親をとびきり魅力的に見せた。まっすぐな、サムライのように清冽《せいれつ》なフィリップだ。

短い曲が終わり、清親がナオキに目を向けた。踊ってもらった礼も拍手も忘れて、ナオキは夢見心地に呟く。

「キヨチカ……」

清親の荒い息に、自分の呼吸もつられて深く大きくなる。

「――俺は、きみに会うためにこの国に来たのかもしれない」

清親が目を瞠って絶句する。けれど自分がおかしいことを言ったとは思わなかった。清親に出会うために、遠いこの国にやってきた。口にするとそれはますます確信になる。

清親は一瞬ぐっと顔を歪《ゆが》め、それから大股で一気にナオキとの距離を詰めた。彼が鏡に手をつくと、とんとナオキの背中が鏡に当たる。逃げ道を絶たれた感覚に、ナオキはこくんと喉を鳴らした。

キヨチカ、と呼んだつもりがほとんど声にはならなかった。ゆるゆると動かした唇が、清親の唇に塞がれる。

「――ン」

清親の髪先から冷たいしずくが落ちて、ナオキの頬を濡らした。ひくりと開けた唇に、迷いなく舌が侵入する。熱い舌に口内をまさぐられ、ナオキの膝がたやすく崩れた。びりびりと首筋が痛い。目の裏も、こめかみも。

「ァ…、ふ」

鏡についた背中が、ずるずると下がる。なかば清親の腕に縋《すが》ってぶら下がるような姿勢で、床に崩れ落ちる。そのあいだも清親の唇は、ナオキを追って離さなかった。追い詰められるのがたまらなくて、絡まる舌が気持ちよくて、じわじわと下半身に血が集まった。

「ハァ……、あ、」

服越しに、身体のラインを探られる。薄いニットの上から胸元を撫でられ、小さな尖《とが》りを探し当てられた。指の先でカリ、と掻かれるようにされて身体が勝手にくねってしまう。

「ン、あ……ッ」

膨らんだ乳首を、指でぎゅっと摘《つま》まれ、高い声が出る。痛みに似て、けれどジンと痺《しび》れて流れてゆくのは間違いなく快感だった。じわ、とナオキの目尻《めじり》に涙が浮かぶ。

清親の手が、性急に下半身へ伸びる。細身のパンツの前を広げられると、形を変えた性器でふっくらと押し上げられた下着があらわになる。ナオキが身につけている小さな下着を見て、清親がごくりと喉を鳴らすのが聞こえた。

「おまえ、いつもこんなエロい下着なのかよ」

あけすけに指摘されて、羞恥に頬が熱くなる。ナオキの下着はいつも股上の浅いTバッグだ。そういうのが趣味なわけではなく、バレエダンサーは本番のタイツの下にTバックタイプのサポーターをつけるから、普段から同じ感覚で過ごしていようと思ってのことだった。

「ちが、だって……っ」

「違う？　なら、今日だけ？」

丸いふくらみをぐにぐにと揉《も》み込まれて、腰と声が跳ね上がる。ナオキは喘《あえ》ぎながら、ふるふると首を振った。

「毎日？」

重ねて訊ねられ、今度はこくこくと頷く。押し上げるように下着ごと揉まれると、尻への生地の食い込みがきつくなる。ナオキが逃げるようにして尻を左右に振ると、清親の手が背中側へ忍んで、下着のゴムをぐんと引き上げた。

「い、や……っ、アッ」

苛《さいな》まれる感覚に、ナオキはぶるっと身体を震わせた。こんな扱いはされたことがない。目眩《めまい》がして、身体が熱くなる。膝で立った清親が、ナオキの開いた脚のあいだに身を割り込ませた。目の前の逞《たくま》しい胸に、ナオキはこつりと額をすり寄せる。視線を下げると、清親の下半身も熱を持っているのがわかった。

清親の興奮をはっきりと見たくて、ナオキの手がゆるゆると伸びる。スウェットに指先で触れると、清親がぎくりと腰を引いた。

「どうして？」

自分ばかりが触れられるのは不公平だ。不満を声にあらわすと、清親はいっとき、知らないものを見るような目をナオキに向けた。それから、試すようにナオキの手に下半身を押しつける。

はっきりと熱を持った弾力に、知らず、うっとりと息がもれた。服の上からやさしく撫でると、内側でむくむくと形が変わるのがわかる。

「…………ッ」

清親が、喉奥で低く呻《うめ》く。掠《かす》れた音がセクシーで、ナオキの身体をますます熱くさせた。

自分は性欲に鈍感なのだと思う。自分で自分を慰めることもほとんどしたことがない。したいと思うことがないのだ。

ただ、そのせいか、気付いてしまうとコントロールを失う。身体は眠っていても、欲というものはちくちくと溜《た》まっていくものらしい。蓄積した欲望を目覚めさせられ引きずり出されると、自分でも持て余すほどの波に襲われる。

清親の手が、ぐいとナオキの下着を押し下げた。窮屈さから解放された性器が弾み出す。じかに握られ、ゆっくりと上下に扱《しご》かれ、自分の鼻が満足げに鳴った。

気持ちいい。清親の手の中に、自分が全部溶け出してゆきそうだった。

酩酊《めいてい》したような気分で、ナオキも清親のスウェットの中に手を差し入れた。反り返った熱の、浮き出た血管を指で辿る。濡れた先端をぐにっと押し開くと、清親の腰が力強く跳ねた。

突《つ》き上げを想像させる動きにどきりとする。

「……クソっ」

腕を引かれ、身体の位置を入れ替えさせられる。清親が床に座り、ナオキがそれに膝立ちで跨《また》がる体勢になった。腰を乱暴に抱き寄せられて、身体のバランスが崩れる。ナオキはよろめきながら、両手を鏡についた。

両手で尻を摑まれ、ますます引き寄せられる。身体がかみ合うようにして密着した。

「……ア」

濡れた性器同士が、ぴと、と触れ合う。ナオキのほっそりとした凹凸《おうとつ》の少ない性器と、清親のはっきりと雁《かり》の張り出した逞しい性器が重なっているさまは、ぞくっとするような眺めだった。

清親が、二本の熱をまとめて握る。

「――おまえが、動けよ」

熱っぽく囁《ささや》かれて、ナオキはこくんと頷いた。清親の手の中で、ぎこちなく腰を突き上げる。裏側が擦れ合う刺激は強烈で、腰をまるごと失ったような感覚に陥った。ひくひくと震えるばかりで身体のどこも動かせなくなる。腰が抜けたというのはこのことなのかもしれない。

「キヨ、チカ……」

「ん？」

「……も、むり、だ」

鏡についた手が汗に濡れてすべる。ナオキは清親の肩に額を乗せて、はーはーと荒い呼吸を繰り返した。

もっと強く、清親の手で、めちゃくちゃに扱かれていきたい。痛いくらいでもいい。激しくされたい。

頭の中が、そんな欲望でいっぱいになる。うわごとのように断片を口にすると、清親が眉を寄せた。きっとフランス語が出たのだろう。だけど、日本語に直して伝える思考の余裕はなかった。

「ふ、う……っ」

もどかしくて、ぼろっと涙がこぼれた。ナオキがしがみついて泣き声を詰まらせると、清親がギョッと硬直する。

「おい」

「う、……ッン、ふ」

「なあ、悪かったよ。ほら、こうだろ？」

清親が、あやすような声音で、握った性器をゆっくり擦る。

「ン、あ……っ」

ひくんと背筋がしなった。清親は、ナオキのようすを窺いながら、丁寧な手で熱を高めていく。気持ちよくて、だけどほしいのはもっと嵐のように塗り潰される快感だった。こんなこと、いままで思ったこともない。自分がまるで自分ではないみたいだ。

「ア、——もっと、」

濡れた囁きを清親の耳元へ吹き込む。

清親の手が一瞬だけ止まり、そのあと、迷いを捨てたように荒々しくなった。自身の快感を優先するようにがしがしと擦る手に巻き込まれる。こういうやりかたを自分が求めたはずなのに、腰が怯《おび》えて逃げかかった。

「やっ、キヨチカ、……あっ」

清親が、ナオキの肩をがりっと噛んだ。痛いのにそれも興奮に繋がる。ナオキも口を開けて、清親の首筋を噛んだ。動物みたいだ。

「あ、——ン！　ン！」

下腹を震わせてナオキが達したのと、清親が低く息を詰めて達したのはほとんど同時だった。ふたり分の白濁が、清親の手と互いの腹を濡らす。ぐったりともたれかかるナオキの身体を清親が軽く抱きしめた。

息が整ってもしばらくは、清親の腕の中から離れられなかった。

「そうじゃない、こう」

カチカチ、と清親が器用に箸を操るのを見て、ナオキもぎくしゃくと指を動かした。

こたつテーブルの上にはふたつの皿が乗っている。ひとつは空で、もうひとつにはピーナッツが入れてある。清親の箸が楽々とピーナッツを一粒取って、空の皿に移動させた。ナオキもピーナッツをひとつ箸の先に挟もうとするが、取れた、と思った矢先にピンと飛んでテーブルに落ちてしまう。さっきからずっとこんなことの繰り返しだ。

「違う。箸の先は交差しない。こう」

清親の箸は、上の一本だけがスイスイと上品に動く。真似《まね》をしているつもりなのに、ナオキの箸はすれ違って指の近くで交差した。

「だから、そうじゃないって」

清親が立ち上がり、こたつの向こうからナオキの近くへ移動してくる。背後に陣取り、ナオキを抱えるようにして箸を持った右手を支える。左肩に顎を乗せて手元を監視され、ナオキはまたぎくしゃくと箸を動かした。

「……ほんと不器用だな、おまえ」

いっそ感心したようにため息をつかれ、ナオキは不貞腐れて箸を投げ出した。

「いいんだ、箸を持てなくても俺は困らない」

「困らないことないだろ」

ナオキが放り投げた箸を清親が手に取った。そして、皿の上のピーナッツを一粒摘み上げて、ナオキの口元に運ぶ。ナオキは口を開けて受け入れ、こりこりとピーナッツを噛み砕いた。

「昨日だって、おまえ、ラーメン食うのにどれだけ時間がかかるんだ。麺伸びきってたじゃねえか」

ナオキは、昨日の夕食に清親と食べたはじめてのラーメンを思い出した。最初は、おいしいと思ったように記憶している。けれど、うまくすくえなくてもたもたしているうちに、麺はスープを吸ってぶよぶよに伸びてしまい、最後には疲労ばかりが残って、味はほとんど覚えていなかった。

「だから俺は、フォークがほしいと言ったんだ。なのに、きみが」

ナオキが店員に頼んだフォークを、清親が勝手に断ったのだ。それでナオキは最後まで箸と悪戦苦闘しなければならなかった。

「使わなきゃうまくならないだろ。うまくなりたいからできれば使いたいってはじめに言ったのはおまえだぞ」

たしかに日本に来た当初、そんなことを言った記憶もある。けれど一方で、以前は清親のほうが、ナオキにフォークを出してくれようとしたり、スプーンを頼んでくれたりしたのだ。

「……きみは、意地が悪くなった」

「そうか？」

二月に入り、パリの冬ほどではないが、日本もますます寒さが厳しい。三日前にははじめて雪が降った。それが理由というわけではないけれど、ナオキは清親の部屋で過ごすことが多くなった。ナオキの部屋は物が少なく、しんしんと寒いが、清親の部屋は穏やかにあたたかい。こたつはすごいと思う。

「やさしくしてるつもりだけどな。ほら」

渡された箸を、ナオキはぱしんとテーブルの上に置いた。

「疲れた。もうしない」

きっぱりとそう宣言すると、背中で清親が肩を竦《すく》める。

「おまえはわがままになったな」

そうだろうか、と思う。それから、そうかもしれない、と。

いままで誰にも、こんなふうに子供みたいな反抗をしたことはない。どうしていま、清親といるときにだけそれができるのかはわからなかった。だけど、ひどく居心地がよくて、大きく身体を伸ばして心を休めることができているように思う。

ナオキはゆっくりと、背中の清親へ体重をかけた。もそもそとおさまりのいい場所を探す仕種に、清親が「おまえ寝る気だろ」と呆れた声を出した。いいや、と答える自分の声が、すでに輪郭を失っているのがおかしくて、ナオキはくふんと小さく笑う。

そのまま、しばらく眠ってしまったようだった。「トイレ」と清親がナオキを起こしてどかし、こたつを出て行く。

時計を見ると、午後一時を回ったところだった。バレエ団のレッスンは三時からだ。支度をして出かけないとと、ナオキもこたつから這《は》い出る。

「おまえ、寝言いってたぞ」

トイレから戻った清親に指摘され、ナオキはふわっと頬を赤らめた。もちろん自覚はないが、小さい頃から意味のわからない寝言を口にしていたらしいのは知っている。寮の同室者やアルベリクにもよくからかわれた。

「そう、なんて?」

「わからない。寝言もフランス語なんだな」

意識したこともないが、きっとそうなのだろうと思う。日本語にもだいぶ慣れたつもりだけれど、いまでも咄嗟に出るのはフランス語だ。ましてや無意識なら、日本語が出るほうが不自然だと思えた。

「日本語は、あっちのカフェで覚えたって言ったっけ」

「そう。日本人がカフェを開いたからぜひ行こうって、アルが」

「……バローも、日本語けっこううまかったな」

「うん。彼は俺より熱心だったかもしれない。いつかオフシーズンを日本で過ごしたいと言っていたから」

けれど、彼が普段から特別日本贔屓《びいき》だったかといえばそうではない。オフシーズンを日本で過ごすというのはつまり、ナオキがいつも長期休暇をアルベリクの実家で過ごしたように、ナオキのルーツである国で、一緒に過ごそうという意味だったに違いなかった。ナオキは一度も日本に行きたいと言ったことはなかったけれど、アルベリクは、ナオキは日本を訪れるべきだと思っていたふしがある。連れて行かなくてはと、そういう思いだったのだろう。

きしりと胸が痛んでナオキが俯くと、清親が慎重に、遠慮がちな声で訊ねた。

「バローのことを、訊いてもいいか」

ナオキは戸惑って、目を上げられなかった。立ち上がり「レッスンに行かないと」と呟くが、横をすり抜けようとしたところで清親に腕を摑んで引き止められる。

「——アルの、なにを知りたいんだ?」

床に目を落としたまま訊ね返すと、今度は清親が黙る。出会ったときからいつも、清親との会話はぎこちない。会話がリズムのいいキャッチボールにならず、投げたボールを受け取り損ねたり、投げ返しかたに迷ったりしてばかりだ。最近はあまり感じていなかった、久し振りの感覚だった。

「付き合いは、いつからなんだ」

付き合い？　とナオキは首を傾げる。

「バレエ学校に入った年だけれど」

「そうじゃなくて、……恋人だったんだろ」

どこか怒ったようにそう言われ、ナオキは頷いた。

「いつからかなんて、覚えているものだろうか」

「あるだろ普通。告白されたとか、したとか」

告白、と記憶を辿る。思い出す限り、アルベリクはいつも甘くてやさしかった。オラール先生がアルベリクを指名して「ナオキを頼むよ」と言ったときからずっとだ。寮では毎年、同じ部屋の、衝立《ついたて》に仕切られた隣同士のベッドに眠っていた。

アルベリクとの関係が変わった日、というなら、はじめて同じベッドで迎えた朝のことかもしれない。だけどそれを口にするのは憚《はばか》られた。

「言いたくないことか？」

「いや、……きみが不愉快に思うんじゃないかと」

「どうして」

「だって、前にアルとのことを話したとき、不機嫌になったろう？　きみがアルになにか理想のようなものを持っているのなら、俺とのことは、不快に聞こえるんじゃないか？」

清親がなにかを思い出そうとするように眉を寄せて視線をずらす。『ジゼル』の公演のとき、とナオキが言い添えると、清親は「ああ」とため息をついた。

「結婚云々《うんぬん》の話か。あれは、――」

言いかけて、清親は結局口を噤んだ。「あれは？」とナオキが促しても「あれは、いいんだ、違う」と曖昧に言葉を濁す。

「いいんだ。いまは、おまえの話を、ちゃんと聞きたいんだ」

ぐっと強く握られて、腕が摑まれたままだったことに気付く。ナオキはためらいながら口を開いた。

「十五の夏に、はじめてアルと寝た。自分が彼と特別な関係なんだと意識するようになったのは、その日からだったと思う」

さっと、清親の頰に緊張が走って、ナオキはぎくりとした。やっぱり聞きたくなかったんじゃないかと思う。なのに清親は痛みをこらえるようにして、「それで」と続きを促した。

「それで、って」

「結婚、っていうのは、どっちが言い出したんだ」

アルだ、とナオキは答えた。

ナオキがフランスで成人を迎えた十八の誕生日だった。ＰＡＣＳ制度のことは知っていたが、まさかアルベリクが自分にそれを望むとは思ってもみなかった。

アルベリクのことは好きだったけれど、結婚なんて、ナオキにとっては遠くて知らない世界で行われることで、自分の身に起こることではなかったのだ。

だけどナオキは「できない」とは言わなかった。そう言ったらアルベリクが離れてしまうとわかっていたのだと思う。「わからない」とばかり繰り返してアルベリクを困らせた。話し合いは一年ほども続いて、ナオキはとうとうアルベリクに言った。「アルとは結婚できない。俺にはあげられるものがなにもないから」

アルベリクは「わかった」と頷き、「もうこの話はしないよ」と言った。その日から、アルベリクには他に恋人を作ってその相手と結婚する権利があったのだとナオキは思っている。けれど、結局のところ、アルベリクとの関係はあまり変わらなかった。ただ、セックスだけは、そのときから一度もしていない。

ふいに、浅瀬からひょこりと浮かび上がるようにして、清親の手を思い出した。

あれからもう、一週間ほどが経っている。けれど、同じようなことは一度もしていないし、あれはなんだったのかと訊ねることも、訊ねられることもなかった。

気の迷い。そういうものなんだろうか。清親に訊ねてみたい気もしたけれど、できなかった。逆に、「おまえにとってはなんだったのか」と清親に問われても、ナオキも答えを持っていないからだ。

「……バローは、おまえと別れたつもりはなかったんじゃないのか?」

「そうかもしれない。俺のほうもそうだったんだと思う」

清親がため息をつき、ナオキはわけもわからずひやりとした。「だけど」と言って、離れていきかけた清親の手を握って引き止める。

「だけどこのあいだ、一緒にパリに帰ることを断ったとき、あれは、本当にさよならだったんだ。今度こそ、本当に、ちゃんと、アルとは別れた」

「――――」

ナオキの必死さに、清親が目を瞠る。自分でも、どうしてこんなふうに焦ってむきになって説明をしているのかわからない。だけど、いまでもアルベリクと曖昧な関係を続けていると、清親に思われたくなかった。

あのとき、他でもない清親の顔が浮かんだからこそ、ナオキはアルベリクと決別して、いまこうして清親の前に立っている。

「ナオキ」

清親に呼ばれて、ナオキは顔を上げた。意思がはっきりと映る、黒々と澄んだ瞳だ。

「俺が、今度のコンクールで優勝したら、」

優勝はもちろんするだろうとナオキは思った。日本に清親より踊れるダンサーはいないと確信している。

うん、とナオキは頷いて続きを待った。清親が、コンクールで優勝したら。

けれど、清親はじっとナオキを見つめて、それから静かに目を伏せた。

「いや、なんでもない」

「キヨチカ?」

「レッスン何時からだ?　遅れるぞ」

言われて時計を見る。思ったより時間が経っていて、たしかに急いで支度をして出かけなければ間に合わない。けれど清親が言いかけた言葉が気になった。

「だけど、キヨチカ」

「本当にいいんだ。たいしたことじゃない」

清親がきっぱりと首を振る。迷っているようすではなくて、もうそれ以上訊ねることはできなかった。


バーの下段も高そうに見える。

小さな子供たちのクラスを、ナオキはピアノの椅子に腰かけて見ていた。生のピアノを使うのは団員だけらしく、ＣＤを流してのレッスンだった。

子供たちを教えているのは三十代のベテラン団員で、今度の『白鳥の湖』でオデットとオディールを踊る、ナオキのパートナーだ。そして、彼女の補佐として男子の指導をしているのは清親だった。

清親が、月に何度かこうして子供のクラスの指導補佐をしているという話を聞いて、見てみたいとずっと思っていたのだ。清親は自分が指導に加わる日を教えてくれなかったが、考えてみればナオキには別のルートがある。鞠子に訊ねたところ、あっさりと日程を教えてくれた。

清親は主に、ふたりいる十歳くらいの男の子を見ている。姿勢や、力みがちな肩、外に開くポジションが安定しない足を、丁寧に言葉と手で直していた。いつも清親を苛立たせるナオキの物言いよりずっと的確だ。普段からこうして子供を教える立場にいるなら、ナオキの「猿みたい」だの「出前みたい」だの言う指摘にはさぞかし腹が立っただろう。恥じ入る気持ちで、ピアノの椅子で小さくなるしかない。

レッスンはきっかり一時間で終わった。全員でレヴェランスをして、子供たちはぱたぱたと更衣室へ飛び込んでいく。清親はわざとナオキを無視してレッスンルームを出て行こうとするので、「おつかれさま」と声をかけた。

「……なんでいるんだ」

「このあと『白鳥の湖』のレッスンがあるんだ」

清親が不機嫌そうに押し黙るのは、もしかしたら照れているせいかもしれないと思った。誰にでも、見られたくない自分の姿はある。たとえばナオキは、鞠子と話しているところを清親に見られると、落ち着かない気分になった。そういうことなのかもしれない。

「すまない。きみがどんなふうに先生をするのか興味があって」

「そうかよ」

清親は怒ることを諦めたようにため息をついた。

「小さい子のクラスは可愛いな。お尻に殻のついたひよこみたいで微笑ましい」

習いはじめたばかりの子供たちは、足や手に意識がいきすぎて、どうしても不恰好《ぶかっこう》に尻が出る。バーに摑まった子供たちの尻が一様に出ているようすは思わず微笑んでしまうほど可愛らしかった。

「それに、楽しそうだ」

メインで教えていたナオキのパートナーは、ときにユーモアを交えて子供たちを指導し、レッスンルームには子供たちの笑い声もよく響いた。穏やかで楽しげで、まるでナオキの知っている世界ではないように明るい教室だった。

「バレエは楽しいだろ」

清親の声に顔を上げる。同意を求められたのだろうか。ナオキはぼんやりと、「楽しい？」と訊ね返した。

「バレエが？」

すると清親も訝しげに首を傾げる。

「楽しくないのか？」

わからない、とナオキは首を振った。

バレエが楽しいかどうかなんて、考えたこともなかった。バレエ学校のレッスンはときに殺伐として感じるくらい、いつも緊張感に包まれていた。普段はやさしい教師もレッスンのときは厳しく、指示棒で叩かれたりレッスンルームを退室させられたりしたことも一度や二度じゃない。

それでもそういう厳しさの中で、怯えず、萎縮せず、教えられたことを完璧に覚えなければいけない。そうすることで必死だった。少しでも遅れれば脱落する。一生懸命でいるより他に、できることはひとつもなかった。

そうしてナオキは、ガルニエ宮の枠というものを身につけたのだった。

――けれど。

「きっと、楽しくなければいけなかったんだな」

ナオキが呟くと、清親は訝しげに眉を寄せた。

「なにかを感じていなければいけなかったんだ。そう思う。俺は一生懸命なだけで、他になにもなかった」

清親が、黙ってナオキを見る。痛ましげな目をされて、ナオキは小さく俯いた。

「前に、俺に足りないものがあるって言った先生のことを話しただろう？　その先生はこうも言った」

——いたいけで無垢《むく》だというだけでひとの心を打つのは、小さな子供だけだよ。

実のところナオキは、オラール先生のその言葉の意味をいまでも理解できていない。じゃあ結局、ナオキに足りないものはなんなのか。補わなければならないものはなんなのか。肝心なそれを、誰も教えてくれないのだ。

「……わかるような気がする」

清親が聡明な声でそう頷く。

「率直で、駆け引きを知らなくて、裏表がない。競争は知ってるけど悪意を知らない。子供と同じで、おまえは世間っていうものを知らないんだ」

自分の本質をまっすぐに言い当てられたみたいに感じてどきりとする。清親も、ナオキに足りないものがなんなのかを理解したようだった。

きっとわからないのはナオキ本人だけなのだ。みんなが知っていて身につけているものを、ナオキだけが知らない。それはひどくもどかしくて、かなしいことに思えた。

「世間を知るというのは、どういうことなんだろうな、キヨチカ」

清親は、深刻になりすぎない声で「哲学的だな」とだけ言った。ナオキも少し笑って、「そうかもしれない」と答える。

「でも、俺は答えを知らなきゃいけない。パリに帰って、その先、たとえばロシアに行くとしても、イギリスに行くとしても、俺がバレエダンサーであろうとする限り、それは絶対に必要なものなんだと思う」

更衣室から子供たちが賑《にぎ》やかに飛び出してくる。キヨチカ先生さようなら、と響く声に、清親が「さようなら、気をつけて帰れよ」と答えた。

「……そういえば、おまえはいつも、フランスに〝帰る〟とか〝戻る〟とか言うよな」

唐突な指摘にナオキは頷いた。

「ああ。フランスに国籍があるから」

ナオキが言うと、清親は首をひねって、少し考えるような仕種をした。

「二重国籍ってやつか？」

清親の問いに、今度は首を振る。

「いや、日本に戸籍はない。フランス国籍を取得したときに、日本国籍の喪失届を出しているから」

「……は⁉」

清親の声が、天井の高いレッスンルームに響き渡る。

「だから、これは旅行なんだ。日本には最長で九十日間しかいられない。今後どうするとしても、俺は一度フランスに帰る必要があるんだ」

「は⁉」

ますます尖る清親の声に、ナオキも困惑する。自分の日本語が急に通じなくなってしまったのではないかと心配になるほどだ。

「キヨチカ……？」

「おまえ、フランス人なのか」

「戸籍上はそうなる」

「……九十日ってあと何日だ」

日本に来たのがクリスマス前で、いまは二月の下旬だ。もう二ヶ月も経ったのか、とナオキは日本で過ごした月日をあらためて振り返る。たくさんのことがあって、もっと長い日々を過ごしたような気もするし、逆にまだ数日しか経っていないような気もした。

「あとひと月もないんだな」

しんみりとしたナオキに、清親からの答えはなかった。

視線を上げると、強張った表情の清親と目が合う。

「キヨチカ」

自分がなにか、重大な間違いをおかしたような気分になる。だけど、事実を話しただけだ。ナオキはフランスに戸籍があって、制限された日数しか日本には滞在できない。それはナオキの意思じゃないし、変えられることでもないのだ。

なら、いったいなにが悪かったのだろう。

縋るように見つめると、清親が切り離すようにして顔ごと目を背けた。ナオキは俯いて、泣きたい気分で顔を歪める。

こんな気持ちははじめてで、どうしたらいいのかわからない。

お互い一歩も動いていないのに、清親の姿がどんどん遠ざかるように感じた。なにか言わなければ、あるいはどこかに触れて繋ぎとめなければと思うのに、ナオキの身体はどこもかしこも萎縮したように強張って、少しも動いてくれなかった。


バレエ団のレッスンに向かおうとアパートを出たところで、爽やかに甘い香りを感じて、ナオキはつと足を止めた。ガードレールに沿った植え込みに、きゅっと集まって小さな鞠のように咲いている白い花が見える。屈《かが》み込んで鼻を近付けると、驚くほどに強い香りで、たちまち胸がいっぱいになった。

しばらく花の香りを楽しんで、身体を伸ばす。すると、駅のほうから清親が歩いてくるのが見えた。ナオキを認めて、清親が気まずげに目を逸らす。

「おかえり、キヨチカ」

「――ただいま」

清親はぶっきらぼうに答えて、足早にナオキの横を通り過ぎようとした。

「キヨチカ」

つい呼び止める。アパートの玄関をくぐりかけていた清親が足を止めて振り返った。

「……これ、なんていう花か知っている？」

清親はナオキの足元の植え込みを見て「ああ」と頷いた。

「沈丁花《じんちょうげ》だな」

「ジンチョウゲ」

「フランス語ではなんて言うのか知らないけど」

ちく、とナオキをかすかに刺す棘《とげ》が含まれた声だった。ナオキは一瞬怯《ひる》んで、けれど懸命に自分を奮い立たせた。

三月に入り、ナオキが日本にいられる日数はあと二週間ほどだ。けれど最近、バレエ団でもアパートのスタジオでも、ほとんど清親と話をしていない。清親にとって、コンクールが近い大事な時期なのは理解しているつもりだ。けれどこれはそれ以上の、どこか不自然な隔たりだった。

「キヨチカ」

「なんだよ」

「『パリの炎』の仕上がりはどうだろうか。気にしていたグラン・ピルエットは、」

グラン・ピルエットは、片足を九十度横にキープしたまま回転を繰り返す技だ。軸足の位置が動かないのが理想だが、清親はいつも回っているうちに左にずれてしまっていて、それをずっと気にしていた。

「大丈夫だ」

かたくて四角い声に、ナオキは口を噤むしかない。だけど、もうひとつ、伝えておかなければいけないことがあった。

「……『白鳥の湖』の公演が終わったら、翌日の飛行機でパリに帰ることになりそうだ」

清親が、ふたたび踏み出しかけた足を止める。今度は振り返ることはなくて、ナオキは清親の背中に向かって話を続けた。

「母が、航空券を用意してくれたんだ」

「そうか」

「俺は、もう数日、規定の日数のギリギリまで日本にいるつもりでいたけれど、自分の進む道がわかっているのなら、一日でもはやく動くべきだと言われた」

清親の出るコンクールは、予選がナオキの出る公演と同日で、本選は翌日だ。予選を通過することはまず間違いないから、ナオキは翌日の本選を見に行くつもりでいた。

渡された航空券の日付を確認したとき、ナオキが顔を曇らせたのに気付いたのだろう。鞠子は「清親なら大丈夫だわ、心配ありませんし」と言った。ナオキは「そうですね」と頷いたが、清親が心配だったわけではなかった。単に、見たかったのだ。清親がコンクールで踊る『パリの炎』を。

清親は、「鞠子先生らしいな」と言って小さく笑ったようだった。

「おまえにとって、そのチケットで帰るのは意味があることだと思う。俺のことなら気にしなくていい」

ナオキに背中を向けたまま、感情の見えない平坦な声で清親がそう言った。

なにも答えられなくて、ナオキは黙ったまま肩を落とした。それから遅れて、自分が落胆しているのだと気付く。

ナオキは清親に、「本選を見てほしい」と言ってほしかったのだ。そう言ってさえくれれば、チケットをキャンセルして滞在を延ばすつもりでいた。

はっきりと筋道を立てて考えていたわけではない。けれどぼんやりとそういう流れを期待していたことに気付かされて、ナオキは羞恥に襲われた。いったい清親にどんな理由があったら、ナオキを引き止めてコンクールを見てほしいなんて言うのだろう。ありえない。あまりに現実的じゃない願望だ。

それに、現実の清親の言葉は正しかった。ナオキにとって、鞠子が用意してくれたチケットでパリに帰るということにはきっと意味がある。ここで鞠子の厚意を拒絶するべきではないと感じるのはナオキも同じだった。

「レッスンに行くんじゃないのか」

言われて腕時計に目を落とす。指定されたレッスンの開始時間が近い。行かなければ、と思うのに、足が鉛のように重くて動かない。

「キヨチカ、俺は」

どうしたらいいのか、まるでわからない。スンと鼻をすると、ジンチョウゲの甘い香りが胸に舞い込んだ。きっと自分はこの先ずっと、この香りを嗅《か》ぐたびに、この日のもどかしくて切ない焦りを、振り返らない清親の背中と一緒に思い出すんだろう。

「俺はまた、きみと同じ舞台に立ちたい」

なんとか言葉を押し出して、だけど言いたいことはこれじゃないと思った。

同じ世界に生きたい。同じものを見て、感じて、そばにいたい。

そういう気持ちを、どう表現するんだろう。日本語も、フランス語も、ひとつも浮かばなかった。


その日のレッスンには遅刻して、鞠子にひどく叱られた。主役をつとめる自覚があるの。本当なら、あなたが一番に来てもいいくらいです。

まったくその通りだった。ナオキは高郷バレエ団の正式な団員ではないけれど、公演で主役を踊る以上、今回はナオキがバレエ団の看板なのだ。当然、それにふさわしい自覚と振る舞いが求められる。

午後八時を過ぎてレッスンが終わっても、ナオキはレッスンルームに残っていた。

『白鳥の湖』第三幕、黒鳥オディールの登場を告げる華やかなファンファーレに、ナオキは床から立ち上がり、すっと背筋を伸ばす。

集中しなければ。余計なことは考えず、音楽に没頭しなければ。

そう思うのに、小さな棘のようなものが胸でチラチラとまたたいて邪魔をする。音楽を流したまま、ナオキはその場に立ち尽くした。

コツコツ、と扉を叩く音がしたのはそのときだった。鏡に、ドア端に立つ鞠子が映っている。

「まだ残っていたの？　もう閉めるからあなたも帰りなさい」

鞠子はそう言って、それから鏡越しにナオキの表情をじっと見てかすかに眉をひそめた。

「今日は、ずいぶん調子が悪いのね」

コンディションが悪いという自覚はなくて、ナオキは咄嗟に「いいえ」と首を振る。けれど思いなおして「はい」と頷いた。

「……俺の代役はいるんですよね」

「いません」

鞠子が迷いなくそう答えるので、ナオキは驚いて言葉を失った。主役の代役を控えさせていない公演なんて聞いたことがない。

「もし、あなたが踊れないなら、去年『白鳥の湖』をやっている清親が出るしかないわね」

「そんなの……」

「そうね。だから、あなたが踊らなければいけないわ。――絶対に」

逃げることを許さない厳しい声に、ナオキはゆっくり項垂《うなだ》れた。

「踊れないと思うの？」

悲愴《ひそう》に俯いたナオキに、鞠子の声がいくぶんやわらいだ。訊ねられ、ナオキは力なく「踊れます」と答える。

「だけど、踊れるだけです。俺はもともと大きな不足を抱えているのに、それ以上、……いままでできていたことさえできなくなるなら、」

続きは言葉にならなかった。いま自分には、バレエダンサーとして、なにかひとつでも残っているものがあるのだろうか。

「私はそうは思わないわ」

きっぱりとした鞠子の声に、ナオキは顔を上げた。

「私は、あなたがなにかを失ったとは思いません。むしろ逆に、なにかを得ようとしているように見えるわ」

鞠子の言葉の意味はわからなかった。中身を伴わない慰めに感じて、ナオキは首を振る。するど鞠子が、とんとナオキの肩を叩いてレッスンルームの隅に下がらせた。ＣＤを数曲スキップし、第四幕の冒頭を流す。音楽を聴きながら、鞠子が静かにストレッチをはじめた。

まさか、とナオキは目を瞠る。

鞠子が、すうと息を吸い、止めた。

静かだった音楽が、白鳥オデットの嘆きの曲に変わる。今日も鞠子は、たっぷりとしたフレアのロングスカートと、シンプルなプルオーバーという姿だ。足元はレッスン用にダンスシューズを履いているが、とてもバレエを踊る恰好ではない。けれど彼女は、そのまま踊り出した。

王子がオディールとの結婚を誓ってしまったせいで、オデットの呪いが解けることはなくなった。オデットは絶望に沈み、かなしみに嘆く。物語のクライマックスである第四幕の重要なシーンだ。

「――――」

いつか清親が、鞠子のバレエを「音楽そのものみたいだった」と表現したことがあった。その言葉の意味がよくわかる。音に合わせて踊るのではなく、彼女の繊細な挙動のすべてから、音楽がこぼれ出てくるようだ。

ナオキは知らず、自分の胸元をぎゅっと強く摑んでいた。

オデットの嘆きが、胸になだれ込んでくる。

王子を責める気持ちはなくて、でも静かに納得はできない。裏切られたなんて思うのは違うと思うのに、なんで、どうして、と胸がざわざわと荒れ狂う。

バレエを見て、こんなふうに気持ちが動くのははじめてだった。うつくしいとか、正確であるとか、そういうこと以外にも、バレエには表現されていて、伝わってくるものがあるのだと知る。

鞠子はふっつりと途切れるように踊るのをやめた。ほんの短い時間だったのに、息を切らせて、膝を庇うように撫でる。ナオキは慌てて、自分のかたわらにあった椅子を掴んで鞠子に駆け寄った。

「なにか、わかったかしら」

椅子に腰かけた鞠子に見上げられ、ナオキは小さく頷いた。

「そう。共感というのはとても大切よ。覚えてほしいわ」

「共感……」

感情を理解すること。自分の中にも同じものがあると感じること。鞠子の表現した嘆きを見て、ナオキの胸には次々と日本に来てからの映像が浮かんでは消えた。

清親とはじめて会った日のこと。大晦日《おおみそか》の夜。元旦の朝。スケートリンク。並んで、向かい合って、一緒にした食事の風景。あたたかいこたつ。ふたりきりのシンと冷たい小さなスタジオ。

――清親が踊る『パリの炎』

清親に会うために日本に来たと思った。清親と同じ世界で生きたいと思った。

じわじわと、熱い感情がナオキの胸でくっきりとした形を作ってゆく。

きっと、夜の湖ではじめてオデットを見た王子も同じ気持ちだったんだろう。

恋に落ちるというのはこういうことなのだと、生まれてはじめて目を開けたような感覚の中で思った。

清親に恋をしている。清親が好きだ。

大きく膨れ上がった感情に、ナオキはゆっくりと深呼吸をした。空っぽだった自分の中に、大切なたくさんのものが一気に詰め込まれ、まるで生まれ変わったように感じる。自分に足りないものはこれだったのだとはっきり理解した。

ナオキはじっと鞠子を見下ろした。今日、いま、この場所で、他でもない鞠子からそれを教えられたことが奇跡のように感じる。ナオキははじめてのバレエを鞠子に教わり、バレエダンサーとして自分に欠けていたものも鞠子に与えられた。

「おかあさん」

日本語で、はじめてそう発音した。鞠子がはっと目を瞠る。

「ありがとう。……もっと、ずっとあなたに教わりたかった」

鞠子が潤んだ目を細め、慎重にゆっくりと微笑んだ。

「嬉しいわ」

だけどナオキ、と鞠子は言った。

「あなたに感じることを教えたのは別のひとね」

諭して教える口調に、ナオキはこくんと頷く。ナオキに欠けていた感情のすべては清親がもたらしたものだ。アルベリクとの別れの、身を切るような痛みまでがそうだった。

「この国で、彼に会えてよかったと思います」

ナオキが言うと、鞠子は「清親にとってもそうだと思うわ」と頷いた。

それは違うだろう、とナオキは俯く。たしかに自分が教えた技術的なことも、清親のプラスになったかもしれない。だけどそんなのはきっと誰でもできたことだ。ナオキには清親が運命で、清親でなくてはいけなかったけれど、彼にはそうではない。

「清親が、元はフィギュアスケーターだったことは聞いている？」

訊ねられ、ナオキは頷いた。「辞めた理由も？」と重ねて問われ、これにも頷く。

「あの子は、自分は弱いから、勝負の世界にいられなくて逃げてきたんだって、いまでもどこかで思ってる。これまでもコンクール出場をすすめたことは何度もあったのだけど、バレエでは勝ち負けを考えたくないからってずっと拒んでいたのよ」

遠くを見る目で鞠子が話す。

「だけど、そんな清親が、コンクールに出るって決めて、いまとても集中しているわ。優勝したいんだって言っていた。正直驚いたの。出ると決めたなら手を抜いたりしない子だとはわかっていたけれど、まさか、あんなに真剣になってくれるとは思わなかった。——清親も変わったわ。昔の自分を乗り越えて強くなったように見える。きっとあなたのおかげね」

そうだとは思えなかった。だけど、そうだったらどんなに嬉しいか。自分にとって清親が特別なひとであるのと同じくらいに、清親にとって自分が特別だったら。

けれど実際は、ナオキは間違いなく清親に避けられている。今日だって、背中ばかりを見た記憶しかない。

「ナオキ？」

でも踊れる、と思った。

なにも不自由のない第一幕、恋に落ちる二幕、目が眩《くら》んで判断力を失う三幕、背中を向けるひとに許しを乞う四幕。全部踊れる。それだけはたしかで、こんなときでもそれは誇らしいことだと思った。


黒の上着に白いタイツ、白のバレエシューズ。肩までの長さの付け毛を後ろでひとつにくくり、リボンを結ぶヘアスタイルは鞠子の提案だ。メイクをして楽屋を出ると、廊下に鞠子が立っていた。

「やっぱり似合うわ。エレガントですてきね」

手放しで褒められ、ナオキははにかんで俯く。

「不安はある？」

訊ねられて顔を上げた。疑っている口調ではない。ナオキは「ありません」とはっきり答えた。

「いってらっしゃい、幸運を祈るわ」

頷いて、舞台に向かう。

バレエ作品はほとんどが女性が主役で、先に舞台に出て行くのは大抵が女性だ。けれど『白鳥の湖』は、王子から物語がはじまり、幕も王子で閉じる。そういう意味では、『白鳥の湖』は王子の物語であるともいえた。

出番がまだ先の白鳥オデットは、舞台袖《そで》に控えてはいたが、まだレッグウォーマーとパーカーを着たままだ。視線を交わして頷き合い、ナオキはひとり舞台に出て行く。

いつもこの瞬間は、夢と現実が交差するような不思議な感覚を味わう。

昔から繰り返し見る夢のせいだろう。衣装に不足はないか、作品は間違いないか、バレエシューズのサイズは合っているか。そんな、現実では絶対にありえないことが気にかかって一歩ごとにひやりひやりと冷たい感覚に襲われる。

舞台の上では誰も助けてくれない。だからナオキはこれまでいつも、この先はひとりきりだと覚悟して明るい舞台へ足を踏み出していた。けれど、今日はどきどきするような高揚も感じている。

はやく踊りたい。バレエが好きだ。

薄暗い舞台に置かれた小道具の椅子に座り、目を閉じる。音楽がはじまるのを待つナオキの目の裏に、また清親の姿が映った。

二幕と三幕のあいだの休憩のことは、ふわふわとしてほとんどなにも覚えていない。汗を拭いて、水を飲んで、メイクを直して、衣装を黒から銀に着替えたのだと思う。はっと気付くともう舞台袖にいて、なにかを考えるまもなく、深呼吸をして、軽く微笑みを作って舞台に出る。

次の記憶は、大きな拍手の渦の中だった。全身で喝采が弾ける。ブラボーとかかる声はドンと胸に当たるようだった。ナオキは荒い息を隠し、パートナーの手を取って何度もレヴェランスを繰り返す。

長く下げていた頭を上げ、広い劇場を見渡した。一階席から三階席、両端のバルコニーまではっきりと見える。この光景は、きっと一生忘れないと思った。

ゆっくり息を吸って、目を閉じる。澄んできれいな炭酸水の中に潜っているみたいだ。

自分の出来がどんなふうだったのかはよくわからない。だけど、こんなふうに夢見るような気分で舞台に立っているのははじめてだった。くらくらするのに、一方ではっきりと冴《さ》えている。

いつまでもいつまでも、この拍手の嵐の中心にいたい。興奮と恍惚《こうこつ》の中でナオキは手を広げ、ゆっくり胸元へ置き、深々と頭を下げる。

客席、パートナー、父、鞠子、オラール先生、アルベリク、――それから清親。

自分をここに立たせてくれているすべてへの、心からの感謝だった。

その夜は、ロフトに上がることすら億劫《おっくう》で、トレンチコートを着たままソファに倒れ込んでそのまま眠ってしまった。明け方に寒くて目が覚める。時計は五時で、外はまだうっすらと暗い。ナオキは、昨日の喝采の余韻にチリチリとする胸をてのひらで擦りながら起き上がる。しばらくぼんやりとして、はっとした。

今日の飛行機で、フランスに帰らなくてはいけない。

慌てて部屋を見回した。もともと仮住まいのつもりだったから、必要最小限の物しか置いていない。殺風景な部屋だけれど、荷物をまとめるのが数分でできるかといえばそうではなかった。最初から用意されていたものはそのままにしていくとしても、片付けて、掃除くらいはするべきだろう。

とりあえず、頭の起ききらないまま、収納にしまっておいたスーツケースを引きずり出した。荷物を詰めながら、同時に捨ててゆくものをごみ袋に集める。なにもないと思っていても、まとめてみるとそれなりの量だ。三ヶ月も暮らしたのだから、当たり前といえば当たり前だった。

床に雑巾をかけ、アパートのごみ集積所に大きな袋をふたつ出して、部屋に戻る。

「―――」

窓の外はもう明るく、日差しが眩しい。ますますガランとした部屋に光が差し込んで、細かい埃《ほこり》がキラキラと舞った。くしゃん、とくしゃみが出る。ナオキはスンと鼻をひとつすってから、シャワーを浴びた。昨日落としきれていなかったらしいドーランが排水溝へ流れていく。

また半日かけての旅になる。柔らかい生地のゆったりとしたパンツに、襟ぐりの大きなトレーナーを着て、ジャケットを羽織った。ストールを巻いて、スニーカーを履く。スーツケースの取っ手を摑んで、玄関に立った。

また背中を向けられるかもしれない。目も合わせてもらえないかもしれない。そう思うとこわかったけれど、やっぱりどうしても清親に会いたかった。玄関を出て清親の部屋の前に立ち、少しだけ逡巡《しゅんじゅん》してから、意を決してチャイムを鳴らした。

ドアを開けて出てきた清親も、ナオキと同じようなラフな恰好だった。長旅に備えているナオキとは違い、コンクールの本選に向かう清親は、着替えやすさを重視してのことだろう。清親が、ナオキの手元のスーツケースにチラと目をやった。

「帰るのか」

ナオキも自分のスーツケースに目を落として、「ああ」と頷いた。

「いままでありがとう」

清親の眉がぐっとひそめられる。ナオキも、言うべき言葉はこれじゃないと感じた。感謝の気持ちももちろん大きいけれど、もっと大切なことがある。

「昨日、はじめてバレエを好きだと感じた」

ナオキの言葉に、清親は驚いたようすもなく静かに頷いた。

「――見てたよ」

「見てた？」

「予選が終わってすぐに劇場に行ったんだ。一幕は間に合わなかったけど、二幕からは見てた」

「……そうか、見ていてくれたのか」

ナオキが甘くはにかむと、清親はその反応を不思議がるような顔をした。おかしいだろうか。だけど、面映《おもは》ゆくて、頬が火照《ほて》る。

「なら、俺の気持ちも、すべて見られてしまったんだな」

こぼした小さな呟きに、清親が「え？」と少しだけ身を乗り出すようにしてナオキのそばに来る。ナオキは両腕を伸ばして、清親の身体を抱き寄せた。身長はあまり変わらない。だけど、清親の身体は厚みがあると、強く抱きしめながら思う。

頬に唇をそっと当てて、それからぴたりと自分の頬を重ねた。耳たぶの下に鼻先をすり寄せると、清親の首筋がぴくりと緊張するのがわかる。

「きみは、高く評価されるべき、いいダンサーだ。今日、きみが勝てますように。俺の、心からの愛と、祈りが、きみを守りますように」

清親の全身がぶるっと震えた。それから、強い力で背中を抱き返される。痛いくらいの力に、ナオキは逆らわずに身を委ねた。

「かならず勝つから」

意志の強い声は、差し出したナオキの心をしっかりと摑んで持っていくようだった。まるで愛を囁かれたようで、ナオキは満ち足りた気分でうっとりと息をつく。清親は間違いなく大丈夫だ。そして、自分も。

「また一緒の舞台に立ちたいって、言ってくれたよな。——俺もそう思う。だから今日は絶対に勝ちたい。それでいつかかならず、おまえと同じ舞台に立つよ」

清親の言葉に迷いはなかった。彼はいつも清廉にまっすぐで、だからナオキは、自分のすべきことが自然とわかる。

ガルニエ宮に帰ろうと思った。自分のあるべき場所は、やっぱりあの絢爛豪華《けんらんごうか》で深い森のような劇場なのだ。

抱きしめていた身体を離して、どちらからともなく軽く唇を合わせた。

好きだよ、頑張れ、と、清親の声が聞こえるみたいな口付けだった。きっと自分の祈りもそっくり伝わっているんだろう。愛してる、頑張れ。

あらためてスーツケースを手に、ジンチョウゲが香るアパートをあとにした。後ろは振り返らなかった。


パリの六月は、からりと晴れて快適な日が続く。メトロのオペラ駅から地上に出て、ナオキは明るい日差しに目を細めた。サングラスを忘れたと、いつもこのときに気付く。駅からガルニエ宮までは歩いてすぐだ。駅を出るともう目の前に、ネオ・バロック様式の重厚な建物が見える。ナオキは足早に、裏口に回り劇場内へ入った。

「おはよう、ナオキ」

「おはよう」

すれ違う団員やスタッフたちと挨拶を交わしながら階段を上がり、事務室の前の掲示板で今日の予定を確認する。今夜の公演は十九時半開演、リハーサルは十二時からだ。

「ナオキ、おはよ」

「おはよう、アル」

後ろからさりげなく肩を抱かれ、振り返るまでもなく声と手で相手がわかる。

「今日の『天井桟敷《てんじょうさじき》の人々《ひとびと》』に出るの？」

「うん」

『天井桟敷の人々』は、フランスの名作映画をバレエ化した作品だ。ダンサーが客席に降りたり劇場ロビーに現れるという珍しい演出も魅力で、人気の高い演目だった。ナオキは今回この公演に、数日置きに参加している。

「ナオキの黒い燕尾服《えんびふく》姿は好きだな。とびきりセクシーでチャーミングだ。髪はオールバックにしなよね」

「そうする」

パリに帰ってきて、二ヶ月が経っていた。ナオキは日本に行くまでと同じように、日々をガルニエ宮と自宅との往復で過ごしている。

退団届を出して、パリを離れた。だからナオキは当然、ふたたびガルニエ宮で踊るためには、入団試験を受けないといけないのだと思っていた。ガルニエ宮の入団試験は毎年七月のはじめに行われる。それまでの空白期間は、ガルニエ宮出身の指導者がいるバレエスクールに通うつもりでいた。

けれどパリに戻ったナオキを、ガルニエ宮は「おかえり」と迎えてくれた。

よくよく話を聞けば、オラール先生が、ナオキの退団届を手元で止めて、代わりに長期休暇の申請をしてくれていたのだった。所属のダンサーが、数ヶ月外部のカンパニーに勉強に出ることはたびたびあることで、ナオキの今回の日本行きも、それと同じ扱いになっていたのだ。

帰国した翌日から勤務に入り、舞台で働くという久し振りの感覚に目が回るようだったけれど、これは本当にありがたかった。

頭を下げて、何度も感謝と謝罪を伝えたナオキに、オラール先生は「私はなにも心配していなかったよ」とやさしく笑った。

「……なんだか不思議だ」

「なにが？」

「またこうやって、ここで踊れるなんて思わなかったから」

「そうかな。僕は逆に、ナオキがいなくなるなんてことがあるとは思わなかったけどな。ガルニエ宮が、ナオキみたいなうつくしいダンサーを手放すわけがないよ」

アルベリクの華やかで大げさな口振りに、ナオキは肩を竦める。

「そういえば、ナオキ。僕、いま友人におもてを案内してきたんだけどね」

「うん？」

おもて、とアルベリクが言うのは劇場内のことだった。ガルニエ宮は、公演がはじまるまでの時間は見学が可能な、いわゆる観光スポットだ。気さくで社交的なアルベリクは、たびたびツアーコンダクターのようにして知人に劇場の案内をしている。

「驚きの出会いがあったよ。ナオキもきっとびっくりすると思うな」

「スーパースターでも来ている？」

特別興味もひかれず、ナオキがそっけなく返すと、アルベリクはいたずらをたくらむ少年のような顔になった。

「どちらかというと、スーパーヒーローかな」

ますます興味がなくて、ナオキは「そう」と頷いて事務室の時計に目をやった。

「アル、俺、もう行かなきゃ」

「キヨチカだよ」

一瞬、なんのことかわからなかった。アルベリクが発音する「キヨチカ」という言葉を、頭が理解するのにずいぶんと時間がかかる。忘れたわけではない。けれど、いまこの場でアルベリクの口から出るはずがない名前だった。

「……なんて？」

「キ・ヨ・チ・カ、だったよね。発音間違ってる？」

ナオキの反応があまりに鈍いせいか、アルベリクも首をひねる。ナオキは、おそるおそる、自分でもその名前を口にしてみた。

「キヨチカって言った？」

「合ってるじゃない。そう言ったよ。きみのスーパーヒーローだよね？」

「――――！」

肩にかけていた鞄《かばん》を放り投げて、廊下を駆け出した。走りながら、どこで清親に会ったのかアルベリクに訊けばよかったと思う。劇場内は広くて、いつも見学の人々でごった返している。闇雲に探して会えるのか心配だった。だけど、走った先に清親がいるなら、引き返す気にはなれなかった。

関係者用の通用口から回廊に出て、ひとにぶつかりながら清親を探す。背が高くて、髪が黒くて、背筋の伸びたスタイルのいいハンサムな東洋人だ。目立つだろうと思ったけれど、なかなか見つからない。迷子《まいご》の子供のように大きな声で名前を呼びたい衝動に駆られる。

「――直希！」

声は下から聞こえた。バルコニーの手すりから身を乗り出すと、大階段の下に清親の姿が見える。足元が覚束なくて、転がりそうになりながら階段を駆け下りる。清親が手を広げてくれたので、最後の三段は軽く飛んで腕の中に飛び込んだ。

「……『ロミオとジュリエット』みたいだ」

思わず呟くと、受けとめたナオキをきつく抱きしめて、清親が笑った。低い笑い声に、本当に清親なんだとじわじわ実感する。

しばらくかたく抱き合う。それから清親が、「重い」とぼやいてナオキを床におろした。

ナオキはまじまじと清親の顔を見て、たまらず目を伏せて首を傾け、チュッと清親の唇に口付けた。

「すごい、本当にキヨチカだ」

「………」

「どうしてフランスに？　観光？」

清親は動揺を隠すように手で口元を覆い、一度大きく呼吸をしてから「いや」と首を振った。

「働きにだ」

ナオキはぱちりと目をまたたいた。

「コンクール、優勝したんだ」

話が別の場所に飛んだ気がしたけれど、とりあえず「おめでとう」と言う。

「メダルと、賞金と、副賞をもらった」

それでようやく理解した。バレエのコンクールの副賞といえば、留学、それからバレエ団との短期契約が思い浮かぶ。清親の年齢なら留学ではなく、希望するバレエ団との短期契約に違いない。——つまり。

「どこのバレエ団に？」

「トゥールーズだ」

フランス南西部の都市だ。スペインに近く、パリからは列車で六時間ほどの距離がある。気候も違うほど遠いけれど、日本よりはずっと近い。なにしろ同じ国だ。

「一年契約だけどな」

おまえは？　と訊ねられて、ナオキも咳《せ》き込むようにしてこれまでのことを語った。長期休暇を取ったことになっていて、ガルニエ宮に戻れたこと。今日の『天井桟敷の人々』にも出演すること。

「今日出るのか。よかった、さっき当日券を買ったんだ」

ここで踊る自分を清親に見てもらえる。気恥ずかしいような、くすぐったいような、不思議で、でも嬉しいことだった。

そこで思い出す。

「リハーサルに行かなきゃ」

でも、清親の腕に置いた手を離したくなかった。ナオキが縋るように見上げると、清親は苦笑して「待ってるよ」と言う。

「余裕を持って日本を発《た》ったから、カンパニーに合流するのは一週間後なんだ。何日かはパリにいようと思ってる」

「本当に？」

疑うつもりはなかったけれど、ついそう訊ねてしまう。清親がはっきりと頷いてくれたので、ようやく惜しみながらも手を離して一歩足を引いた。

「……もう一度、キスをしても？」

訊ねると、清親は周りの目を気にするようにして視線を巡らせ、そのあとナオキを見た。困らせているのかもしれない。けれど黙って返事を待った。

清親は、いいともだめだとも言わず、スイとナオキに顔を近付けた。伏せたまぶたの男らしい色気に見惚《みと》れているうちに、軽く唇が合わせられる。

ほんのりとあたたかい唇に力をもらい、ナオキはその日の舞台に立った。


衣装を脱ぎ捨ててシャワーを浴びて、濡れた髪のまま劇場を飛び出した。劇場の正面玄関で待っていてくれた清親と落ち合い、彼が近くに取っていたホテルの宿泊をキャンセルする。荷物を引き上げて、メトロに乗った。

ホテルをキャンセルしてほしいと言ったのはナオキのほうだった。他の誰が相手でも、ホテルに滞在すると言われれば「そうか」と頷いただろう。だけど、清親だけはべつだった。話をして、それじゃあと見送るなんてとてもできない。

五つ先の駅から三分ほど歩いたところに、ナオキの暮らすアパートはある。七階建ての白亜の建物で、ナオキの部屋は五階だ。エレベーターがないのが多少不便だけれど、駅から近くて治安もよく、家賃の割に部屋が広いので気に入っていた。

「どうぞ。散らかっているけど」

ドアを開けて、清親を部屋の中へ促す。広々としたリビングルームには、二人掛けのソファがひとつ、一人用のソファがひとつ、脚の細い小さなダイニングテーブルと揃《そろ》いのスツールが二脚、デスクとチェア、テレビ、四段のチェスト、飾り棚。壁紙がパステルグリーンなので、家具はすべて白だ。クッションとソファのカバーだけは、アルベリクの母親が作ったカラフルなパッチワークキルトだった。

「意外と物があるな」

清親が、部屋のあちこちに目をとめながら呟く。たしかに、日本にいたときには持ち物を増やさないようにしていたので、部屋はシンプルを通り越して閑散と寒かった。けれどももとナオキは、片付けが得意ではないし無計画に買い物をするほうだ。蚤《のみ》の市《いち》で使い道のない妙な置物や陶器を買ってしまうこともしばしばだった。

「……なんだこれ、お面?」

壁に飾った木のお面を指差され、ナオキは「それは気に入ってるんだ」と頷く。清親は不可解そうに一度首を傾げて、それ以上はなにも言わなかった。そしてまた、地球儀や、逆さに吊《つ》るしたドライフラワーを、まるで美術館にいるようにひとつひとつ眺めてゆく。

「キヨチカ、食事は?」

「開演前に劇場のレストランで済ませた」

「それなら、コーヒーでもいれようか」

ナオキはキッチンに立って、コーヒーメーカーをセットした。

自分から、部屋に他人を招くのははじめてだ。滅多に客のない部屋なので、どうもてなしたらいいのかわからない。コーヒーよりもワインかなにかのほうがよかっただろうか。客用のコーヒーカップはどこにしまっただろう。

「なあ」

部屋のほうから清親の声が聞こえて、それだけのことをくすぐったく感じながらナオキは「なに?」と返事をした。

「これ、手紙か?」

手紙? と首を傾げて、それからナオキははっと息を止めた。全身が一瞬冷たくなって、それからカッと熱くなる。慌ててキッチンを飛び出すと、清親はナオキのデスクの前に立って、こちらに背中を向けていた。

デスクの上には、方眼のノートとエアメール用の薄い便箋が出ている。ここ一週間ほどずっと同じ状態だったので、ナオキにとっては日常で、片付けなければという危機感も生まれなかった。けれどあれは、真っ先に、清親の目に触れないところへしまわなくてはいけないものだった。

ナオキは清親を突き飛ばすようにして、開いていたノートを閉じて便箋を丸めて遠くへ放る。ナオキの勢いに呆気《あっけ》に取られたような顔をしている清親の手にも、便箋があった。

「それ、も」

取り上げようとすると、清親がひょいと手を上げてナオキの指を避ける。意地が悪い。むっと唇を結んだナオキに、清親がもう一度「手紙？」と訊ねた。本当に意地が悪いと思う。

「……そう」

「俺への？」

「そう！」

自棄《やけ》になって大きな声を出し、清親の手から便箋を奪った。

今日までの二ヶ月、清親を忘れた日はなかったのだ。帰ってきてからのことを話したいとずっと思っていた。けれど、よく考えてみると、ナオキは清親のことをほとんどなにも知らなかった。メールアドレスも、電話番号も。

だから、手紙を書こうと思ったのだ。日本で住んでいたアパートの住所ならわかる。清親の部屋番号も覚えている。

けれどそこにも障壁はあった。ナオキは日本語をあまり書けない。

それでいまは、日本語を調べたり書き取りを練習したりしながら、本当に少しずつ手紙を書いているところだった。

「なんか、ナスカの地上絵みたいなのが書いてあったけど」

ナオキは清親の手から取り上げた便箋を自分の目の前に持ってくる。

拝啓清親。チカの字が難しかったけれど、何度も練習したのでまああの形になっていると思う。だけど、自分でも、その下の一文字は漢字には見えなかった。ナオキはもぞもぞと言い訳を押し出す。

「いろいろ報告したいことはあって、だけど文章にするのは難しくて、諦めようと思ったけど、やっぱり手紙は出したかったんだ」

「それで、なんて書いたつもりなんだよ」

「……愛」

どうやってもバランスが取れない。昨夜は、そういえば自分は絵心がないのだと思い出して、早々に万年筆を投げ出したのだった。

「もらっていく」

清親にてのひらを突き出され、ナオキは顔をしかめた。「いやだ」と言うと、「なんで」と問い返される。

「きみがここにいるなら必要ないからだ」

へえ、と清親は相槌をうった。それからふいに背筋を伸ばしてまっすぐにナオキを見る。

ナオキもつられて姿勢を正した。

「――愛してるよ」

ぱち、と目をまたたく。愛の告白というには、あまりに気負いなく、軽やかに投げられた一言だった。

「目の前にいるんだから、口で伝えればいいってことだろ？　俺はおまえを愛してるよ」

二度目の言葉もやっぱりそっけなかったけれど、ナオキの心臓を目覚めさせるのには充分すぎる威力があった。ばくんと小さな爆発みたいな音を立てた心臓を、ナオキは服の上からてのひらで庇《かば》う。

「おまえは？」

清親の手が伸びて、ナオキの腰を抱き寄せた。ふわふわと、床に足がついていないような感覚に、ナオキは指先で清親の腕に縋る。顎をほんの少し上げると間近に清親のまなざしがあった。

「俺も――」

急にひかひかと渇く喉を、ナオキは苦心してうるおす。

「俺もきみを愛してる」

鼻先が触れ合い、告白は、なかば清親の唇の中に直接囁くような恰好になった。お互い首を傾けて、唇を深くかみ合わせる。最初はゆっくりと触れ合った舌が、徐々に熱を増していった。息もろくに継がない溺《おぼ》れるように夢中なキスに、意識がうっとりと緩み出す。

ちゅく、と濡れた音を立てて唇が離れる。「ベッドは？」と訊ねられて、ナオキは部屋の奥に視線だけ向けた。白いドアがあって、その向こうが寝室だ。

清親に手を引かれて寝室へ移動する。こんなことになるなんて思わなかったから、ダブルサイズのベッドは起き出したときのまま乱れている。いくつも重ねた枕はひとつ床に落ちていて、ベッドカバーも布団《ふとん》もくしゃくしゃだ。予定通りホテルに泊まれば、きちんと糊《のり》のきいた清潔なベッドに眠れたのにと思うと申し訳ない気分になる。

「先に片付ければよかった、すまない」

「いい、こっちのほうが興奮する」

こともなげにそう言って、清親がジャケットを脱ぎ捨てながらナオキをベッドへ倒した。清親の向こうに見えるのは毎日見ている天井なはずなのに、まるで知らない部屋にいるみたいに感じる。

ひとと肌《はだ》を触れ合わせるのははじめてじゃない。清親の熱にだって触れたことがある。なのに、緊張でどうにかなりそうだった。

Vネックのカットソーの裾《すそ》から、清親の手が忍び込む。へその窪《くぼ》みに指先が触れただけで、びくりと身体が過剰に反応した。首筋に唇が触れ、また身体が震える。清親が、ナオキの耳元に鼻先を押しつけた状態で一度ぴたりと停止した。

「……っ、う」

なにもされていなくても、今度は期待で下腹がひくひくと小さく波打つ。心を置き去りに身体が逸《はや》っているのか、逆で、心が興奮して身体が追いついていないのかわからない。混乱して、呼吸が震える。

「……大丈夫か」

「ン……」

どちらなのだとしても、清親がほしいことには変わりなかった。頷いて、重なった清親の脇腹に手を添えた。そろ、と撫でると、しなやかな筋肉が緊張するのが指に伝わる。

止まっていた清親の手も、じかにナオキの脇腹を撫でた。指先が、つんと胸の尖りを掠める。

「…っア」

喉を反らせて喘ぐと、清親の指が戻ってきた。指触りの違いを楽しむように、肌から乳《にゅう》暈《うん》へ、乳暈から乳首へと丁寧に辿られる。乳首の輪郭をのぼっておりる指に、そこがぷつりとこごっているのをわからされる。ぷる、と軽く弾かれて、高い声が出た。

「ン、あ……っ」

浮き上がりそうになる腰を必死におさえて、首筋に埋まる清親の頭をぎゅっと抱く。清親が、ナオキからカットソーを剝《は》ぎ取り、自分もTシャツを脱いだ。引き締まったきれいな上半身があらわになり、眩しいような気持ちでナオキは目を細めた。

チュ、と唇にキスが触れ、顎から喉、鎖骨へとおりてゆく。同時に指は腹から下半身へ向かい、ジーンズの前立てをさぐった。くん、とナオキの腰が軽く跳ねる。

「う、……ア！」

清親の舌先が、乳首の先をチロと舐めた。ぷつんと尖った桃色を舌で弾かれ、それからきゅうっと吸われる。

「や、あ…ッ、あっ」

やわやわ噛まれて、舌で転がされる。そうしながら、清親の手はジーンズの前を開けて引きおろした。指が、ナオキの下着の小さな三角のふちを辿る。

「あ……っ」

すでに熱を持ったふくらみを越えて、脚のあいだから後ろ側へ指は回ってゆく。剝《む》き出しの尻の狭間《はざま》に沈むTバックの細い部分をなぞられて、ナオキはなすすべもなく腰を震わせた。

「――この下着が何度も夢に出てきた」

清親が両手をベッドについて、腕の長さの分だけ身を起こす。その距離からじっと見下ろされ、ナオキは睫毛を震わせながら顔を背けた。

ナオキにとっては日常の、ただのアンダーウェアだ。なのに清親の熱っぽい声に、自分がとんでもなく破廉恥《はれんち》な恰好をしている気分にさせられる。いっそ脱がされてしまったほうがましだとさえ思った。けれど清親は、ナオキの腕を引くと、ジーンズを抜き取りながらうつ伏せの姿勢に促す。

「キヨチ……っ、」

起き上がろうとした肩を軽くおさえられ、尻だけを高く上げる恰好になった。羞恥ばかりが募るポーズに、ナオキは涙目でシーツをきつく握りしめる。

普段、タイツ一枚で舞台に立っているのだ。自分の素肌に近い尻のラインなんて、たくさんのひとが知っている。そんなふうに考えて羞恥を逃がそうとしてみるが、効果は少しもなかった。全身が熱くなって、息が浅くなる。背骨の終わりに清親の指が触れて、そのまま撫でおろす。きゅんと力が入った場所を急に意識した。細い布地が直接、けれど心許なく覆う小さな器官。

「う、ン……っ」

清親も、同じ場所を意識しているのが、気配でわかる。ナオキがシーツに顔を伏せてぎゅっと目を閉じると、清親の指が紐《ひも》同然の細い布の上からそこへ触れた。

「……ッ、ア」

最初は場所をたしかめるようにそっと。それから、侵入を意識して、谷をさぐるように。薄い布を食《は》まされる感覚に、ナオキは背筋をしならせた。

ぐにぐにと襞《ひだ》を揉まれて、そのたびに肩が跳ねる。もどかしい刺激に、きつく閉じているはずの内側の粘膜がじわじわと熱くなるのを感じた。清親の逞しいもので貫かれることを想像してしまう。

「キヨチカ、その、……そこの、引き出しに」

熱に浮かされたように訴えた。清親はナオキの背中にのしかかってきながら、ベッドサイドの引き出しを、上から順番に開ける。一番下の三段目に、もうしまっていたことさえ忘れていたものはあった。透明なジェルと、避妊具だ。

「あんまり、考えないようにする」

自分に言い聞かせる声で清親が呟く。おそらく、これを用意した者が誰なのか、使った者が誰なのか、そういうことだろう。マナー違反だったろうかと心配になるが、清親は後ろからナオキの髪をくしゃりと撫でて「大丈夫だ」と言った。鼻先が襟足をかきわけて、うなじに唇が触れる。ぞくりと走る快感が背筋を痺れさせた。

ウエストのゴムをめくるようにして、やっと下着を脱がされる。身を覆うものがなにもなくなったのに、なぜかほっとした。

「……ンっ」

ジェルをたっぷりまとった清親の指が、尻の狭間に触れる。ぬるぬると襞の上を撫でて、指先がつぷんと沈んだ。まっすぐに奥まで、深く指が侵入する。ジェルが注《つ》ぎ足され、今度はゆっくりと抜き出される。

ナオキはひくつく息を宥《なだ》めながら、違和感と快感をじっと受け止めた。

「平気、か？」

シーツに押しつけた額で小さく頷くだけで精一杯だ。スローペースな指の抜き差しを繰り返され、膝ががくがくする。

ちゅる、と濡れた音が響く。抜き差しにこぼれたジェルが、ナオキの性器を伝ってシーツにとろりと落ちた。また同じ道筋をジェルがのろりと流れてゆく。「ア、」と声を上げながら腰を震わせると、清親の指が、ナオキの中のなだらかに盛り上がった場所に触れた。

「――――ッ」

びりびりと全身を駆け抜けた衝撃に、気がつけばどっと白濁をこぼしていた。膝からは完全に力が抜け、祈りのような姿勢で痙攣《けいれん》に耐える。きゅうと食い締めた清親の指の存在がますます大きい。

「や、……う、…ア」

ゼイゼイと息をするナオキの身体を、余裕のない仕種で清親がひっくり返した。腿裏《ももうら》に手を添えて片脚を大きく押し上げられて、肩へ担がれる。

狭い場所に、なかば強引に清親が分け入ってくる。

反射的にずり上がりかけた身体が引き戻され、ぐっと奥まで一気に埋められた。圧迫感にナオキが喉を鳴らすと、清親も低く呻く。

ぱた、と喉に清親の汗が落ちて、ナオキはつむっていた目を開けた。

眉間とこめかみがきりきりして視界がはっきりしない。けれど、ナオキは潤んだ目で一心に清親を見上げた。耐えるようにじっと目を伏せていた清親も、ゆっくりと視線をナオキに向ける。

胸が強く引き絞られる。痛いくらいなのに、それがなぜか甘かった。甘酸っぱさに睫毛を伏せると、清親が身を屈めてやさしい口付けをくれる。ナオキが小さくはにかむと、その反応を何度も見たがるように、キスが繰り返された。

「……キヨチカ」

清親が頷いて、ゆる、と腰を穿《うが》つ。目の中に小さな雷が落ちるみたいだと思った。ナオキは清親の腰に手を回して、ぐっと自分に引き寄せるようにした。

「……くそっ」

ぐん、と腰を引かれ、突き込まれる。大きなストロークに振り落とされそうで、ナオキは喘ぎながら清親にしがみつく。

「あ、ア……っ、ン！」

自分からも腰を押しつけようとするがうまくいかなかった。ぐずぐずに崩れた腰を、清親に力強く貪られるしかない。

降り注ぐような清親の欲望を、身体いっぱいに感じた。目眩がして、自分の声が遠ざかったり近付いたりする。

「キヨチカ、キヨチカ……っ」

気持ちいいとか、もっとしてほしいとか、欲望を訴える言葉すら並べて口にすることができなかった。清親の名前しか持っていなくて、そればかりを繰り返す。

「直希……」

彼が自分を呼ぶ、鮮やかな発音が好きだった。自分のすべてが満たされるようにしあわせで、胸が嵐みたいになる。

「キヨチカ…っ、ア……！　ア！」

ナオキの絶頂の気配を感じ取ったのか、清親がひときわ強く突き上げて、奥できつく腰を回す。掻き混ぜられるのがたまらなくて、ナオキはすすり泣きながら高い声を上げてのぼりつめた。

痙攣するようにがくんがくんと跳ね上がるナオキの腰をベッドに押しつけながら、清親がもうひとつ大きく腰を振り、そこで達する。中で直接射精される感覚に、またナオキの腰が引き攣《っ》れた。

「ん……ハァ、」

清親の手が、いたわるようにナオキの腰を撫でる。ナオキも、隣に横たわった清親の身体に手を伸ばした。

脇腹を、腕を、顎のラインを、ひたひたとやさしく撫でているうちに、清親の目が眠たげ

にとろける。眠いのだろうかと首を傾げて、思い出した。彼は日本からフランスに渡ってきたばかりなのだ。

「眠っていいよ。長旅で疲れてるだろう?」

頰を撫でると清親は気持ちよさそうに目を閉じて「遠かった」とため息のように囁く。片道約十二時間、時差は八時間。日本は遠い。

「だけど、こんな距離を越えて、遠い場所に来て、おまえは、それが俺に会うためだったって言ったんだな。そう思ったらたまらなかった。十二時間の距離が、おまえの気持ちそのものなら、長旅も悪くないと思ったんだ」

「キヨチカ……」

清親の手も、ナオキの頰を撫でた。汗でしっとりとしたてのひらの熱さが心地よい。

「俺も、おまえに会いに来た。――こう言えば、俺の気持ちも伝わるか?」

「……充分すぎるくらいだ。Merci de m'avoir choisi.」

「なんて?」

いよいよ眠気に勝てなくなったのか、清親の語尾が覚束なくなって掠れる。

「明日起きたら意味を教えるよ」

ナオキは薄い羽毛布団を引き寄せて、清親と自分とを包む。すう、と清親の寝息が聞こえて、それだけでたまらなくしあわせだった。自分の心がこんなにも鮮やかに動くなんて、いまだになにか、自分がべつの存在に生まれ変わったような気がして仕方ない。

清親に会えて本当によかった。彼を愛せてよかった。

「俺を選んでくれてありがとう」

今度は日本語で囁いて、ナオキも目を閉じた。

パリ、蜜色の休日

目が覚めても、自分がどこにいるのかしばらくはわからなかった。

如月清親《きさらぎきよちか》は、開けた目をもう一度閉じて考える。

頭がずんと重く、脚も、腕も、背筋も、とにかく全身がだるい。やっとのことで記憶を手繰り寄せて、そうだ、パリにいるんだとまだ覚めきらない頭でぼんやりと思った。もぞりと寝返りをうち、全身を伸ばしながら大きく息をする。肌触《はだざわ》りのいい布団《ふとん》から、ほのかに知らない匂いがした。

ナオキの匂いだと思ったら、急に、夜が明けるようにして意識がクリアになる。

一人で寝るには大きすぎる、ダブルサイズのベッドだ。アンティーク調のデザインのヘッドボード近くに、クッションや枕がいくつも重ねてあるのがいかにも外国風だった。起き上がって清親は、自分が全裸なのに気付く。服は、ベッド脇に置かれた真鍮《しんちゅう》のチェアの背に無造作に引っかけてあった。着込んでベッドルームを出る。

ドアを開けると、日差しがたっぷりと入る明るいリビングルームだ。パステルグリーンの壁紙に、清親はまた「外国だ」と思う。窓の外は晴れていて、パリの町並みが見下ろせた。建物の外観が日本とはまるで違う。洒落《しゃれ》たデザインの華奢《きゃしゃ》なベランダがつづく景色は、西洋の風景画のようだった。

コーヒーの香りがして、キッチンに近い小さなダイニングテーブルにいたナオキが目を上げた。手元の新聞をたたんで「おはよう」と言う。

「おはよう」

「よく寝てたな。時差はつらくないか？　頭痛はある？」

「いや、平気だ」

「コーヒーは？」

「もらう」

壁のシンプルな時計は、十時過ぎを指していた。昨日パリに着いて、ガルニエ宮でナオキと再会したときのことが、すでに遠い昔のことのように感じる。ナオキが暮らすこのアパートに来たのは何時頃のことだったのだろう。

時間の感覚がうまく摑《つか》めなくて、清親は計算するのをやめた。あくびをしながら、キッチンに向かうナオキの後ろ姿に目を向ける。

「――――ッ⁉」

げほ、と吸った空気にむせた。清親が立てた音に、ナオキが振り返る。

「キヨチカ？」

呆然《ぼうぜん》と立ち尽くす清親に、ナオキは無言で眉《まゆ》をひそめた。その反応に、清親の眉間《みけん》にも同じように力が入る。

恋に落ちればあばたもえくぼだなんて嘘《うそ》だと思う。ナオキが好きだ。暮らしてた国から、こんな遠くまで追ってくるほどに。けれど、こういう澄まし顔を見ると、反射的に清親の顔は渋くなる。本人にまるでそのつもりはなくても、顔立ちがきれいすぎるせいで、どうしてもひとを見下したような表情に見えてしまうせいだ。

本当に、腹が立つほどきれいな男だと思う。

「……おまえは、なんて恰好《かっこう》をしてるんだ」

やっとのことでそう言うが、ナオキは理解できないとばかりに首を傾《かし》げて「家ではいつもこうだ」と気にするようすもなくそのままキッチンへ向かう。

下着にランニング一枚が部屋着。

男のひとり暮らしなら、それほど珍しいことじゃない。清親自身、風呂《ふろ》上がりにパンツ一枚でうろうろすることはよくある。

けれどナオキはそういうのではないのだ。

清親は、ナオキの後ろ姿を眉をひそめた薄目で眺める。何度見ても見慣れることのできない姿に頭が痛くなった。

ライトブルーの下着だったが、後ろからだとウエストの白いゴム部分しか見えない。生地の部分は、小さな尻《しり》の狭間《はざま》に食い込んでいるからだ。

日常的にTバックの下着を穿《は》いている男なんてはじめて見た。けれどナオキ本人はいたって真面目《まじめ》で、舞台に立つときに穿くサポーターと同じ感覚で普段の生活をしているだけと言う。

理由を聞けば多少は理解できる。けれど、せめて上に短パンなりジャージなりを穿いてほしい。ここはたしかにナオキの部屋で、ナオキが自由に寛《くつろ》ぐ生活の場所だが、いまは、客であり恋人である清親がいる空間でもあるのだ。

「おい、ナオキ」

キッチンは狭いが清潔に整頓されていた。まめに掃除をしているというよりは、普段、あまり使わないのだろう。それでも、調味料が並んでいて、鍋や食器がある。それは、日本の一時住まいにはなかった生活感だった。

「今日はどうする？　俺は休みだから、きみの行きたいところに行こう」

ナオキは清親に背中を向けたままそう言いながら、マグカップにコーヒーを注ぐ。ぴったりと身体《からだ》に沿ったXバックのランニングからきれいな肩甲骨《けんこうこつ》が見える。腕の長さ、肩の丸み、引き締まった腰。たしかに、完璧としか言いようのない、どこに出しても恥ずかしくない身体だ。本当にきれいだと、自分の語彙が心配になるくらい、それしか言葉がない。

だからつまりは、自分がナオキを特別に意識しすぎなんだろう。

なるべく見るな、気にしないようにしろ。今後もナオキと付き合っていくつもりなら、これを当たり前の日常として受け入れなきゃいけない。ナオキがまっとうな下着をつけてくれればいいのだが、違うパンツを穿いてくれなんて言うほうがよほどどうかしているように思えた。清親だって、ナオキに自分と同じタイプの下着をつけてくれと言われたらきっぱりと断る。

けれど、こんな姿に慣れる日が来るだろうか。

どうしても視線が下半身に吸い寄せられる。なだらかに曲線を描く尻から、正座をしたことがないというまっすぐな脚へのライン。筋肉質なのに一見そうは見えないのは、隆々と盛り上がることのない、質のいいしなやかな筋肉をつけているからだ。

きれいだと思って、触れたいと思った。

ナオキが振り返り、コーヒーの入ったマグカップを差し出す。受け取って、けれど清親はマグカップをそのままガスコンロの横へ置いた。

「キヨチカ、」

返す手で、ナオキの手首を摑み引き寄せる。身長はさして変わらないので、そうするだけで口付けができた。突然のキスにナオキは一瞬ぴくりと身体を驚かせたが、すぐに肩から力を抜いて清親の腰に腕を回してくる。外見も性格も、かっちりと真面目なくせに、こういうときの反応はこちらが驚くほどにやわらかい。外国育ちなせいか、昔の男の存在のせいかはわからなくて、清親の胸に複雑な思いが込み上げた。

唇《くちびる》で頰《ほお》を掠《かす》めて、耳元へ「悪い」と謝る。そのまま首筋に顔をうずめると、ナオキはそっと首を反らして清親を受け入れた。

密着した身体は、しっくりと清親の身体に沿って、離れていく気配はない。きつく握っていた細い手首から指を離して、清親の手はナオキの身体をまさぐった。余分な肉が少しもついていない身体は、ランニングの生地越しにも手に馴染《なじ》んで気持ちいい。

「……ぁ、」

ローライズの下着のウエストゴムが軽く食い込む腰を指でなぞると、ナオキが小さな声を上げて身体を緊張させた。清親の肩に顔を伏せて、耐えるように肩を震わせている。

たまらず、むき出しの尻に両手を伸ばした。小さく引き締まった尻を夢中で揉《も》みしだく。ナオキがいやがるように身をよじらせたが、大きな抵抗ではなかったので軽くいなした。腰の位置はほぼ同じだ。強く引き寄せると、布越しの熱がちょうど押され合う。

両手のてのひらと指を存分に使って、感触を味わった。肌理《きめ》の細かいなめらかな肌が、きゅっと強張った筋肉が、清親を更なる興奮に追い落とす。

「ふ、あ……っ」

指先で、狭間を晒《さら》すようにして割り開くと、ナオキはきゅんと背中を反らして清親の身体に縋《すが》った。清親の目に、背骨から続くしなやかな曲線がよく見えるようになる。ぐに、と開いた狭間に、ライトブルーの細い布地が通っているさまにぞくぞくした。こうして無理矢理広げてしまえば、昨夜清親を受け入れた場所は隠しきれない。

「あ…っ、やっ」

ほとんど紐《ひも》の細さの布地を、指にかけて引っ張る。淡い桃色をした慎ましやかな蕾《つぼみ》があらわになって、清親は衝動のままにそこへ指を伸ばした。昨夜の名残《なご》りか、指先が簡単に沈む。

「う、ン……っ、アッ」

爪《つめ》の半分ほどだけ、入れては戻した。

はじめはぎゅっと耐えていた身体が、泣き出しそうに震え出す。ナオキは次第に息を荒くして、むずかるように身をくねらせ、逃げたがって足を引いた。

ナオキが足を引いたぶんをそのまま追い詰めると、どんとステンレスのシンクにぶつかった。シンクとナオキの身体のあいだに手首を挟まれて思わず呻《うめ》く。ナオキが「すまない」と珍しく焦ったように体重を清親へ預けた。

見かけよりずっと重い、同じ年の同性の身体だ。

いままで自分の性的指向について深く考えたことはない。当たり前に、女性と付き合って、いずれ結婚するんだろうと思ってきた。

それがいま、日本から遠く離れたパリの地で、男の身体を抱いている。

あらためて考えるとこれはすごいことだった。こんなのは、まさに、そうだ――。

「キヨチカ？　大丈夫か？」

ナオキの気遣わしげな目が間近にあり、清親は答えるより先に口付けをしていた。

「おまえは、俺の、運命なんだなと思って」

ナオキとの出会いは、清親にとって人生の転機になった。彼に出会わなかったら、自分の人生はなにもかもが違っていただろう。

ナオキは一瞬驚いたような顔をして、それから「そうか」とはにかんで俯《うつむ》いた。ばら色に染まる頬がきれいでかじりつくと、「ふふっ」と声を立てて笑う。

「俺も、日本できみに手を引いて導いてもらえたから、ここへ帰ってこられた。――そうか、こういうのを、運命というんだな」

両手で頬を包まれて、胸で強い感情が渦巻いた。爪の先まで、火を灯《とも》されたみたいに熱くなる。

身体の中に、別の自分がいるみたいだった。熱に浮かされるようで、気がついたらナオキの肩を摑んで背中を向けさせていた。

「なに、キヨチカ……っ」

「悪い。でもいま、顔を見られたくない」

ものすごくだらしない顔をしているのか、それを抑えるために鬼のように険しい顔をしているのか、自分でもどんな表情をしているのかわからなかった。きっと見たこともない、他人のような、獣のような顔をしているんだと思った。

後ろからのしかかるようにして清親が両手でシンクを摑んでしまうと、ナオキは身動きができなくなる。わざとではないが強く押しつけてしまった下半身に、ナオキの身体がぴくりと小さく弾んだ。誘われるように、自身のふくらみをナオキの尻に押しつけて、今度は明確な意思を持ってぐんと突《つ》き上げる動きをする。

「ア……ッ」

ナオキが喉《のど》を反らして甘く喘《あえ》ぐ。これはもう、自制をする必要なんてないんじゃないだろうか。一応は手放さず持っていた、迷う気持ちが消し飛ぶ。

ワークパンツの前を開いて、自身を取り出す。軽く扱《しご》くとすぐに先端から透明な液が垂れた。清親が濡れた先端を押し当てると、それだけでナオキはかすかに喉で喘ぐ。

「ナオキ……」

手で尻を割り広げ、片手の親指で下着を引っかけてずらす。先ほどより少しだけ開いて見える場所に先端をあてがって、ぐっと腰を進めた。

「あ……っ、だ、めっ」

ぎくりとナオキの腰がよじれる。

「なにが?」

「だって、こんな、あっ、だって…ッ」

そう言って首を振ったナオキの口の中で、フランス語がもたつきながら零れる。咄嗟《とっさ》のことで日本語が出てこないのだろう。なにを言っているのかはまるでわからなかったが、下着を脱がせず挿入したことに対する抗議だろうと予想はついた。

「もともと、穿いてんだか穿いてないんだかわかんないような下着だろ」

「はいてる……！」

「こんなふうに、尻をむき出しにしておいてか？」

「……ッ、ア！　んっ」

めくる程度にだけずらした下着のすぐ横で、自分の性器がナオキの尻に大きく出入りしている。鮮やかなライトブルーと、真っ白な肌、血管の浮いた自分の性器。ひどく生々しいのに目が離せなくて、食い入るようにして見つめてしまう。

「ン！　……ふ、ン！」

狭くて熱い道を、繰り返し行き来する。ナオキはシンクをきつく摑んで、清親の突き上げに応えるようにきゅんきゅんと背中を反らせた。

白いうなじの色気に、髪を切ったんだなと急に気付く。うっすらと汗をはらんだ清潔な襟《えり》足《あし》に唇を寄せると、清親を含んだ場所が切なく引き絞られた。思わず喉で呻くと、ナオキも感じ入ったように熱い息をついた。

「キヨチカ、も、くるしい、……ア！」

ナオキが膝《ひざ》を震わせる。

「苦しい？　……痛いじゃなくてか？」

「ちがう、アッ、その、……ンっ、う」

ナオキの背中に身体を寄せてようやく気付く。清親が後ろから下着を引っ張っているせいで、前がきつくおさえつけられているのだ。手を回してふくらみを覆う布をずらしてやると、窮屈から解放された性器が弾み出た。

「悪い、つらかったよな」

「ン、あ…っ、ああっ」

慰める手でゆるゆると扱くと、ナオキの膝がますます崩れそうに震える。代わりに腕を突っ張って揺さぶりに耐えるようすに、ぐっと胸が興奮した。

直希《なおき》、と名前を呼んで、一際強く、奥まで穿《うが》った。

「……ッ、ぅ、あっ、あ！」

ナオキが感電したように細かく震え、清親の手の中にぬるい液体をどっと零す。きつく絞られる快感に、もう腰を引くことはできなかった。根元まで深々とうずめたままでさらに揺すり上げて、そこで吐精する。

ずるずるとその場に崩れるナオキの身体を抱きとめて、大きく息をした。われながら、満足そのものの響きだった。

白い猫脚のバスタブが置かれた小さなバスルームでシャワーを浴びて部屋へ戻ると、ナオキがもそりと二人掛けのソファから起き上がった。あどけないような仕種《しぐさ》で目を擦《こす》るので、居眠りをしていたのかもしれない。

考えてみれば、ナオキは昨日も舞台で踊ったのだ。それが仕事だとしても、本番の舞台に立つのに気持ちを入れないことはないだろう。ただでさえ疲れているところにセックスをして、また朝から貪られたのでは、いくらダンサーは体力があるといっても消耗して当たり前だった。

清親は、借りたタオルで髪を拭きながら、ナオキの隣に腰をおろした。

「悪かった」

「なにが？」

「昨夜《ゆうべ》も、さっきも」

ナオキがまだ不思議そうにするので言葉を探す。ナオキは「察する」ということをまずしないから、言葉にしないと伝わらない。しかも難しい日本語では理解できないので、なるべく平易でわかりやすい表現を選ぶ必要があった。

「思いやりが、足りなかった」

考えて、結局そう口にする。相手への気遣いよりも自分の欲を優先させた。立ったまま、責めるような抱きかたをしたついさっきのことを思い出すと、昨夜だって誠実に振る舞えていたかどうかは怪しいところだ。

「きみはいつもやさしい。――ただ」

ふわ、と猫のようにあくびをして、ナオキが清親の肩に寄りかかる。

「俺の下着に関してだけは少しおかしいな」

淡々と指摘され、清親は黙るしかなかった。下着姿のナオキを見ると我を失うようなところがあるのは自覚している。

「夢でうなされるほどなら、俺が改めようか」

「うなされる？」

「昨日そう言っただろう、俺の下着が夢に出てきたと」

「ああ、それは……」

説明しかけて、清親は気まずくナオキから目を逸《そ》らし口元を手で覆った。

離れているあいだ、夢で何度も下着姿のナオキに誘われて、淫《みだ》らの限りを尽くしたなんて話せるはずもない。清親が顔を歪《ゆが》めて黙り込むと、ナオキは「俺も、きみのような下着にしようか」とじっと清親の股間《こかん》を見つめた。

「――いや、おまえは、そのままでいい」

たしかにTバックの下着を愛用する男は珍しいし刺激的だが、それを選んで身につけるナオキが悪いとは言えなかった。見て興奮しているのは自分なのだから、つまりは自分が悪いのだ。

「俺が慣れる」

きっぱりと宣言すると、ナオキは「そうか」と頷《うなず》いた。

「そうだ、さっきの話の続きだけれど、今日はこれからどうする？　どこか見たい場所があるなら案内する」

パリといえば、エッフェル塔、シャンゼリゼ大通りから凱旋門《がいせんもん》、オペラ座ガルニエ宮、それから、ルーブルやオルセーの美術館だろうか。鼻で唸《うな》りながら考え込むと、ナオキは「気が進まない？」と清親の表情を覗《のぞ》き込んだ。

「いや、エッフェル塔と凱旋門とルーブルは、一度見たことがあるんだ」

「パリに来たことがあったのか？」

「スケートやってた頃に、ジュニアの大会で一度だけな。七年前くらいか」

せっかくフランスまで来たのだからと、限られた自由時間に観光名所を駆け足で巡ったことを思い出す。当時の清親は思春期で、スケート漬けの毎日にも膿《う》んでいて、それこそ観光なんて気が進まなかった。斜に構えて「フーン」と冷めた目でエッフェル塔を見上げたことを思い出すと、後悔のような羞恥心《しゅうちしん》のような苦味が込み上げる。

「それなら、シテ島にでも行く？　ノートルダム大聖堂がある」

「――おまえが言ってたカフェに行ってみたい」

カフェ？　とナオキが清親の肩から身を起こした。

「おまえが日本語を教わったっていう、日本人夫婦の店。この近くなんだろう？」

「そうだけど、本当に歩いてすぐだ。観光にはならないと思うけれど」

「腹も減ったし」

そういえば、とナオキが目をまたたく。昼近くになるのに、食事の話がまったく出ないのがナオキらしかった。

「すまない、じゃあ出かけよう」とナオキが立ち上がる。彼がシャワーを浴びて身支度《みじたく》を整えるのを待ち、連れ立って外へ出た。

ナオキが言ったとおり、店は本当に近くだった。青い外観が、いかにもパリの洒落たカフェという風情だ。ナオキが扉を開けながら「ボンジュール」と声をかける。

席数の少ない、こぢんまりとした店だった。テーブルやソファが普通の店より少し低めで、自宅のような、やさしい雰囲気を感じる。昼時なのでほぼ満席だったが、奥にひとつだけ空いたテーブルがあって、そこに向かい合って落ち着いた。

メニューを持ってやってきたのは、清親たちより少し年上に見える女性だ。カウンター席の向こうのオープンキッチンで立ち働く男性のほうも、彼女と同じくらいの年に見える。パリで店を開く日本人夫婦、という言葉の印象のせいか、もっと上の年代を想像していたので意外だった。

「こんにちは、ナオキ」

「こんにちは」

「アル以外のひとと来るなんて珍しいのね」

彼女は微笑《ほほえ》みながら清親に目を向け、それから「あら」とまるで知り合いに会ったように目を輝かせる。

「日本人よね。まあ、もしかして」

「うん、紹介するよ。俺の恋人で、キヨチカだ」

さらりと紹介されて清親は硬直した。

「おい」

「ああ、すまない。彼女はミワ、奥にいるのがヨシト。俺に日本語を教えてくれた。ここでは俺はフランス語禁止なんだ」

自分にもふたりを紹介してくれというつもりで口を挟んだわけではない。相変わらずどこかずれている。けれど、話されて困ることもないし事実なので、まあいいかと思いなおした。ここはパリだ、ナオキの感性に従うのが無難だろう。

店の売りはガレットだそうで、すすめられるままに注文して料理を待つ。

「そういえば、昨日の『天井《てんじょう》桟《さ》敷《じき》の人々《ひとびと》』、はじめて見たけどすごくよかった」

いまさらながらにそう口にすると、ナオキは「そう？　よかった」と微笑んだ。

「元の映画を見たことないから心配だったけど、わかるもんだな。演出のせいか、物語に引

レッスンで、学校の友人と帰りに寄り道をするようなことは一度もなかった。フットサルに

てからも、清親には学校の思い出というものがほとんどない。放課後は常にトレーニングや

けれど、思い返してみると、十五でスケートをやめるまでも、その後バレエに本腰を入れ

自分たちが話すようすを、そんなふうに見られていたのかと思うと気恥ずかしい。

「駅前のファストフード店にいる男子高校生みたいだったわ」

りと通るのが心地よかった。清親がほっと息をつくと、ミワは「仲がいいのね」と笑う。

礼を言って、ひと匙《さじ》すくって口に入れる。レモンの酸味が、話に夢中になった喉にひんや

「どうぞ。わたしとダンナからのサービスよ」

手にしてやってきた。

ナオキがトイレに立ったのと入れ替わりに、ミワが小さなグラスに入ったソルベをふたつ

きすぎなくらいの休日の午後だ。

恋人と、パリの洒落たカフェで少しのアルコールを交えながら食事をして、話をする。で

が乗ったガレットも最高だった。辛口のシードルがよく合う。

レエについて話し合うのははじめてのことだ。ベーコンとチーズ、マッシュルーム、たまご

ハーサルへと、尽きずに進んだ。こんなふうに、向かい合って食事をしながら、ナオキとバ

うん、とナオキが頷く。話は作品から振付へ、それからテクニックや日々のレッスン、リ

き込まれる感覚がすごかった」

テニスにと、趣味はいろいろあるけれど、やっぱり自分が一番好きなのはバレエで、したかったのはバレエの話だったのだと気付く。

ナオキはどうだったのだろうか。周りは同じようにバレエの世界で生きることを志した子供たちだったのだろうが、こんなふうに、熱心に話をするような友人がたくさんいたんだろうか。

――一緒に食事をすることくらいはあるけれど、親しいのは本当に、アルだけだ。

日本でたしか、ナオキはそう言った。アルベリク・バロー。DVDではじめて見たときから、清親の一番好きなバレエダンサーだ。

「……バローと来ていたときのあいつは、どんなだったんですか？」

つい訊《たず》ねると、ミワは銀のトレーを胸に抱いて「そうねえ」と首をひねった。

「アルとナオキは、仲がいいというより、明らかに親密な感じだったわね。ここで座っていても、完全にふたりの世界というか。テーブルの上で手を握り合ってることもよくあったし」

自分にはとても真似《まね》できそうにない。そう思ったのが顔にも出たのか、ミワがくすくすと笑った。

「ナオキは自然体で、アルを信頼してすべてを委ねて安心しているように見えた。お姫さまみたいな子だなあって、いつも思ってたわ。でも、あなたといると本当に、普通の男の子なんだからびっくりするわね。ナオキも楽しそうで、ああ、だから日本語もあんなに上手《じょうず》になったんだなって思ったわ。きっと、あなたに、伝えたいことがたくさんあるのね」

清親は呆然と目を瞠《みは》った。

そうだ、日本に来たばかりのナオキは、もっと口数もボキャブラリーも少なかった。いまなめらかに会話ができているのは、単にその頃より親しくなったせいだけではない。ナオキの日本語が上達しているのだ。

「なんの話？」

ナオキがトイレから戻ってくる。

「ナオキがこんなに日本語が上手になったのは誰のためなのかしらって話」

ナオキはきょとんとミワを見上げ、それからじっと清親を見た。なにも悪いことをしたわけでもないのに気まずいような気分になる。

「きみのためだ」

こともなげに答えられて、清親はぐっとむせる。日本語が上達しても、彼はやっぱりフランス人だ。

「……ありがとうな」

流すわけにもいかず、やっとのことで礼だけを口にすると、ナオキが嬉《うれ》しそうにはにかんだ。自分も、ナオキのためになにか努力できたらいいと、そんなふうに思う。

低いテーブルの下でとんと靴が触れ合ったので、そのまま脚を絡めるようにして、話を再開した。追加のシードルがなくなっても、話は尽きなかった。

　外はまだ明るいが、気付けば時計は夕方といってもいいような時間を指していた。パリは日照時間が長い。この時期、夜の十時近くまで明るいというのだから驚く。夕飯はどうしようかと話し合い、近くの惣菜屋で買ってナオキの部屋で食べることに決めた。長居をしたことを謝って店を出て、ひと区画隣の店まで足を伸ばす。

　量り売りの惣菜は、日本でもデパートの地下でよく見かける。グリーンサラダ、塩味のタルト、ドライソーセージ、子牛の煮込み、じゃがいものグラタン、ローストチキンと、ナオキの先導でいろいろ買い込んだ。それから近くのワイン屋で赤ワインを一本買う。

　表情や仕種からはわかりにくいが、もしかしたらナオキは少しはしゃいでいるのかもしれなかった。よく見れば弾むような足取りで歩いていて、清親は隣を歩きながらこっそりと少し笑う。可愛《かわい》い、しあわせだ。シンプルな言葉がすとんと胸におさまる。

　ナオキのアパートに戻ると、どちらからともなくストレッチをはじめた。床で向かい合って、ゆっくりと身体をほぐす。踊らない日でも、身体のメンテナンスを兼ねたストレッチは欠かせない。無言で身体をほぐしておもむろに立ち上がり、何事もなかったかのように夕食の準備をはじめる自分たちが、客観的に見るとちょっとおもしろかった。

買ってきた惣菜はどれもおいしかった。フランス料理というととんでもなく贅沢《ぜいたく》なメニューを思い浮かべてしまうが、こういう普通の家庭料理もあるんだと、当たり前といえば当たり前のことに感心した。

「あ、これ美味《うま》いな」

「どれ？」

清親は、「これ」と薄く切ったサラミをフォークの先に刺した。なんとなくフォークを向けてみると、ナオキはスイと身を乗り出してきてぱくんと清親のフォークに食いついた。そして幼いような仕種で咀嚼《そしゃく》して「本当だ」と頷く。自分だけに馴れたうつくしい生き物が目の前にいて、一瞬で胸がいっぱいになる。

ナオキはもともとアルコールをあまり飲まないほうらしいが、実をいえば清親もそう強くはない。赤ワインが一本空くより前に、ナオキはうとうとしはじめ、清親も押し寄せる眠気にあくびを嚙めなくなってきた。

のろのろと片付けをして、ベッドに入る。広々としたベッドは朝と変わらずナオキの匂いがして、目を閉じて深く息をすると、その甘さにチカチカと眉間が痛んだ。自分もここで寝起きができたら最高なのにと思う。

すり、とナオキが身を寄せてきたので、腕を枕にさせてやって抱き寄せた。肩口で、ナオキも清親の匂いを嗅《か》ぐような深い呼吸をする。ジンと胸が痺《しび》れたが、性欲を伴うほどではなかった。今夜はこのまま、穏やかに眠れそうだ。

「……きみは、何日までパリにいられる？」

眠気に輪郭がふやけた声でナオキが訊ねた。

「決まっていないなら、目安でもいいんだ。いまから気持ちの準備をしておきたい」

ナオキは長い睫毛《まつげ》を上げて清親を見て、それからふっと表情を曇らせた。「どうかしたか」と髪を撫《な》でてやると、言葉を探すように目を伏せる。

「俺は日本にいたとき、滞在に関することをひとつもきみに知らせなかったんだな。いまきみに、明日発《た》つなんて言われたらきっとショックだ。そういうことを、きっと、俺はきみにしたんだ。そうだろう？　すまない、キヨチカ」

率直な言いかたがナオキらしかった。

「そんなのもういい」

清親はなるべくやさしく聞こえるようにそう口にして、ナオキの髪を撫でつづける。

「二十日《はつか》に顔合わせの約束をしてるんだ。遅くても三日前には向こうに着いていたいと思ってる」

ナオキがもぞりと布団から手を出して、指を折って数をかぞえた。子供みたいに噛みしめる仕種がいとおしい。

折り返す前、拳に握りきったところで指が止まる。あと五日。充分時間を取ったつもりだったけれど、そうして数えられると、あまりに短いように感じた。

「そうか」

すん、とひとつ鼻をすすって、ナオキがゆるゆると目を閉じる。そのまま静かになったので、眠ったのかと思ったら、「キヨチカ」とまた呼ばれた。本当に、子供みたいだ。

「向こうのバレエ団に、夏の休暇は？」

「あるよ。八月は夏季休暇だ」

「うちと同じだな」

ナオキが所属するガルニエ宮のバレエ団は、九月から翌年の七月が一シーズンで、オフシーズンの八月は休暇にあてられる。清親の行くトゥールーズのバレエ団もサイクルはほぼ同じだった。カンパニーとの契約は九月にはじまる来シーズンからなのだ。けれど、シーズン前のこの時期にフランス入りしたのには理由があった。

「休みのあいだに語学学校に通おうと思って、はやめにこっちに来たんだ。スケートやってたときにカナダ人のコーチがついてたことがあったから英語は多少できるけど、フランス語はぜんぜんだからな」

「……だったら俺は、今年の夏はトゥールーズで過ごそうかな」

眠気が少し引くような魅力的な話に、清親は思わず腕の中のナオキをきつく抱き寄せた。

くふ、と寝ぼけたような声でナオキが笑う。

「キヨチカ、明日はどうする？　俺はリハーサルに出なきゃいけないけど、もしよかったら、レッスンを見に来る？」

「いいのか？」

「もちろん、きみさえよければ」

世界最高峰といわれるガルニエ宮のレッスンを見られる機会なんて、そうそうあるものではない。見ていいのなら見たいに決まっている。行く、と答えると、ナオキは笑って清親の顎《あご》を指で撫でた。

「きみは、本当にバレエが好きなんだな」

子供を褒《ほ》めるような口調で言われるのが決まり悪くて、清親はごつんとナオキの額に自分の額をぶつけた。ナオキは「いたい」と言って小さく微笑み、また眠たそうに目元をとろとさせた。半分眠っているようなナオキを見ていると、清親のまぶたも重くなる。

腕の中のナオキの体温があたたかくて、いとしくて、清親は眠りそうになりながら、昨日からの一日をゆっくりと思い出していた。絢爛豪華《けんらんごうか》なガルニエ宮での再会、華やかな舞台でのナオキのうつくしさ、抱いた熱い身体、共にする食事、一緒に眠るベッド――。

「キヨチカ、」

また、ナオキが眠気を拒むように清親を呼んだ。ナオキも清親をたしかに好きで、だから眠りたくないのだとわかる。

「直希」

はっきりとした考えや答えを期待してのことではなかった。本当ならあらためて、お互いまともに思考が働くときに言うべきだ。けれど、喉まで上がってきている言葉を飲み込むことができなかった。

「なんていったっけ、おまえがバローとしようとしてたっていう、フランスの事実婚」

「しようとしていたわけじゃないけれど……。ＰＡＣＳのこと？」

それが実際はどういうもので、契約にどんな書類が必要なのか、調べておかないとと思う。日本の婚姻制度とは違うのだろう。

つまり清親はまだなにも知らなくて、けれど、不思議と妙な確信があった。

「いつか、おまえと結婚するから」

キヨチカ、とナオキが呟《つぶや》いた。驚いて、困惑もしていて、けれど花が咲くように鮮やかな声音だった。

「——きみは本当に、俺の未来を照らす光みたいだ」

夢見るような声に、そんなのは、と思う。

そんなのは、清親にとっても同じだった。日本では職業としてのバレエダンサーはいないに等しく、清親もバレエで生きていこうと思っていたわけではない。楽しいからそれでよくて、けれど、ずっとそうではいられないのはわかっていた。ナオキと出会ったのは、アルバイトをしながらバレエを続けるか、就職してバレエは趣味にするか、そういうことを考えなければいけない時期だった。

清親にとって、すでにバレエダンサーとして一点の曇りもなく生きていたナオキの存在は、眩《まぶ》しくもあり、妬ましくもあり、羨ましくもあった。たくさんの複雑な思いを抱えながら、どうしようもなくナオキに惹かれて、そしていま、こうして新しい地にいる。ナオキに導かれたというよりほかない。

「キヨチカ、俺もいまならわかる。きみと一緒に生きたい」

そしていまこの瞬間も、また、ナオキの言葉が清親の未来に希望の道を作る。

ロミオとジュリエットみたいに

午前中を博物館で過ごし外へ出ると、照りつける太陽がジリリと肌《はだ》を焼いた。今日は猛暑日になるとテレビの天気予報で言っていたことを思い出す。ナオキは寒さには強いが暑いのは苦手だ。数歩歩いただけで体力がすべて持っていかれるように感じる。

フランス南西部に位置するトゥールーズは、スペインに程近く、夏は非常に暑いことで有名だ。観光名所が多いので、バカンスに訪れる旅行者も多い。けれどナオキはこの「ばら色の街」と称される都市を訪れるのははじめてだった。

夏季休暇をトゥールーズで過ごすと言ったナオキに、アルベリクは「正気？　あそこはパリより暑いんだよ？」と大げさに眉《まゆ》をひそめた。パリより暑いといっても、ほんの二、三度の違いだ。気になるほどのことではないだろうと思ったのが間違いだった。トゥールーズは本当に暑い。

けれど、ナオキは数日でこの街が好きになった。活気があって華やかで、うつくしいのにどこか素朴な、そういう雰囲気が清親《きよちか》によく似ている。彼がどういういきさつで、トゥールーズのバレエ団と契約したのかはわからないけれど、この街は清親に合っていると思った。

歩いて五分ほどで、清親が夏のあいだだけ通っている語学学校に到着した。ロビーに入ると、ちょうど奥の教室から授業を終えたらしい生徒たちが出てくる。清親は、すらりと背の高い東洋人と並んで出てきた。同じクラスに日本人がいると言っていたから、彼女がそうなのだろう。

「キヨチカ」

声をかけると清親は顔を上げて、驚いたように目を瞠《みは》った。

「ナオキ、どうした」

「近くの博物館にいたんだ。ちょうど授業が終わる時間だろうと思ったから迎えに来た」

軽く手を広げると、清親は一瞬ためらって、それからナオキの身体《からだ》をぎこちなく抱いた。

彼が日本人だとナオキがしみじみ感じるのはこういうときだ。挨拶としての触れ合いという習慣がないせいだろう。愛情をはっきりと込めて抱きしめられてしまうと、ハグに慣れているナオキまで、つられて落ち着かない気分になった。

「彼女が、話してくれた日本人のクラスメイト？」

身体を離して訊《たず》ねると、「そうだ」と清親が頷《うなず》いた。ナオキは彼女に片手を差し出して、簡単なフランス語でゆっくりと挨拶をする。

「はじめまして、ナオキ・タカサトです。バレエダンサーです。パリに住んでいます」

すると彼女もおずおずとナオキの手を握り、いかにも覚えたてのフランス語で自己紹介を返してくれた。発音は悪くない。ナオキが「トレビアン」と微笑《ほほえ》んでみせると、彼女もほっとしたように笑顔になった。

学校の玄関で彼女とは別れ、清親と並んで歩き出す。清親の住むアパートは、ここから歩いて十分ほどだ。

家まではフランス語で喋《しゃべ》ってくれ、と清親が言うので、ナオキは今日行った博物館の話をぽつぽつとした。八月に入ってすぐにトゥールーズに来て一週間ほどだが、しばしば清親はこんなふうにナオキにフランス語を話させる。ずっとではなく「食事のあいだだけ」とか「朝出かけるまで」とか時間を区切るのが、いかにも「勉強」といった感じだ。

語学の習得は、とにかく耳で聞くのが一番いい。それはナオキが日本語を覚えなおしたときも感じたことだった。ナオキはもともとお喋りなほうではないので、一方的に話をするのは大変だけれど、なるべくはっきりと迷いなく言葉を繋《つな》げるようにこころがけている。

レンガ造りの二階建てのアパートが清親の住まいだ。石の建物が多いパリと違ってトゥールーズはレンガの家が多い。「ばら色の街」という呼称はレンガの色からきているそうだ。同じフランス国内の大都市でも、パリとはイメージがまったく違うのは、この町並みの色彩に依《よ》るところが大きい。

階段を上がって、二階の一番手前が清親の部屋だった。木目調の家具と黒い革のソファが目を引く落ち着いたインテリアは、日本の彼の住まいとよく似ている。シンプルなのにセンスがよくて居心地がいい。

「聞き取れた?」

エアコンをつける背中に日本語で訊ねると、清親は渋い顔で首を振った。

「半分もわからなかった」

まだまだだな、とため息をつくので、ナオキは近くまで行って清親の頰《ほお》に軽く唇《くちびる》を触れさせた。ぱち、と清親が目をまたたく。

「だけどきみは勉強熱心だし、飲み込みもはやい。きっとすぐに、ここがきみの街になると思う」

慰めの意味を込めて、反対側の頰にも唇を寄せた。すると清親はしばらくじっとナオキを見て、意を決したようにキスを返してくる。ぎくしゃくとした軽いキスがおかしくてナオキが少し笑うと、清親は憮然《ぶぜん》とした表情になった。

「――もう一度、おまえがしてくれよ」

頷いてナオキがもう一度キスをすると、清親がそれをそっくり真似《まね》ようとする。すっとスマートに身を近付けて、なのに肌に触れる瞬間にぎこちなくためらうのが惜しい。

「習慣っていうのは、そう簡単に身につくものじゃないな」

清親はぼやいて、ソファにどさりと身を投げ出した。

「こっちのバレエ団での初日にも言われた。女性の扱いがうまくないって。バレエ学校で、はじめてアダージオの授業を受ける生徒のようだ、ってさ」

ナオキは清親の隣に腰をおろした。清親は本格的にバレエをはじめたのが遅い。ひとりで踊るなら才能さえあれば上達するが、女性をパートナーにして踊るパ・ド・ドゥは、とにかく訓練と慣れが必要だ。バレエ学校では、アダージオ——パ・ド・ドゥのレッスンがあるのでそこで基礎からすべてを教わることができるが、そういえば、日本ではどういうふうにパ・ド・ドゥを習うのかナオキは知らなかった。

「俺は突然だったな。発表会の演目が決まって、そこでパ・ド・ドゥを踊ることになって、翌日はじめて女の人と踊った」

「リハーサルと同時に、はじめてすることを覚えるということ？　それは厳しいな」

なあ、と清親が神妙な声でナオキのほうを向く。

「なに？」

「おまえがどんなふうにパートナーをリードするのか、見せてくれないか」

「いいけど、いつ？」

「いま」

ナオキは清親を見つめ返して首を傾《かし》げた。見せるのは構わないが、パートナーがいない。

すると清親がすっくと立ち上がった。

「……まさか、きみを相手にパ・ド・ドゥを踊れって言うんじゃないだろう？」

「べつにリフトしてくれって言ってるわけじゃねえよ。おまえと自分にどんな違いがあるのか知りたいだけだ」

ほら、と手を差し出され、ナオキは困惑しながらも清親の手を取って、ソファから立ち上がる。テーブルをどかして床にスペースを作り、向かい合って立った。

清親とナオキの身長は同じくらいだ。普段より距離を取って、高い位置に手を差し伸べる。

「じゃあ、プロムナードを」

アチチュードやアラベスクで片足を上げたパートナーの手を取り、ポーズを崩さないまま
その場で一周させる。男性側がするのは、つま先で立ったパートナーの周りを、バランスを
保たせたまま歩いて回ることだ。これが、簡単そうに見えて意外と難しい。パートナーのバランスの軸を崩さないように円を描かなくてはならないからだ。少しでも押したり引いたりすれば、たちまちパートナーのポーズが崩れる。

清親が、左脚をアチチュードにしながら一歩前へ出てナオキの手に指を乗せた。ぐっと摑《つか》んで、まずその場で軸を安定させる。女性のようにトウシューズを履いているわけではないのでそれほどバランスを依存されることはない。けれど、そもそもの体重の違いから、手にかかる重さもそれなりだ。

「……なんか、変な感じだな」

自分から言い出したくせに、清親は居心地悪げにそう言って眉を渋らせる。ナオキは清親のバランスを気遣いながらゆっくりと彼の周りを一周して、手を離した。

「なにかわかった？」

いや、と清親は曖昧に首を振る。

「安定してるなとは思うけど。……もっと近くないとだめかもな」

回るから支えてくれ、と言うので、今度は清親の後ろに立った。回転の添え手もサポートの基本だ。四番ポジションからピルエットをする清親の腰に手を添えて支える。基本的に、こちらからやっきになって回転させることはしない。音に合わせて正面でぴたりとポーズが決まるように、回転の終わり際に手助けをすることが重要だ。

清親のピルエットは軸がぶれることもなく、ナオキの手をほとんど必要としなかった。ただ、ナオキが背後にいるのを気遣ったのか、回転の勢いが持続しない。清親の身体が止まりそうになったところで、ナオキは添えた手に力を入れた。

「——いまのすごいな。一回余分に回れた」

「だけど、きみが言うのはこういうことじゃないんだろう?」

彼だって、パートナーをリードするテクニックがないわけじゃない。清親が指摘されたのは、日本人らしい距離感や遠慮、気後れのようなものについてに違いなかった。清親は「そうだな」と呟《つぶや》いて、考え込むように俯《うつむ》く。

「なあ、『ロミオとジュリエット』の、バルコニーのシーンあるだろ? 俺、あれを日本人が踊るのを見ると、どうしても生々しくて恥ずかしいような気がするんだよな」

清親が言うのは、ケネス・マクミラン振付の『ロミオとジュリエット』のことだろう。バルコニーのシーンは有名で、そこだけを抜き出して踊られることもある。十分ほどのシーンだけれど、恋愛の喜びに満ちていて、とにかく複雑なリフトや密着する振付が多い。バレエ作品にしては珍しく、最後には長いキスシーンもあるので、ダンサーによってはひどく官能的に見えてしまうのはわかる気がした。

「……音があるなら踊ってみる？」

「は？『ロミオとジュリエット』を？」

「そう。ガルニエ宮ではマクミラン版はやらないから、ちゃんとできる自信はないけど、キヨチカがロミオを踊れるなら俺がジュリエットをやってもいい」

ナオキが言うと、清親はしばしためらってから、神妙に頷いた。決戦に赴く武士のような気負いがすでに日本人気質だ。ナオキは清親のこういう、真面目《まじめ》で実直なところが好きだった。清親が好きで、好きで、そうでなければ自分がジュリエットを踊ろうかなんて絶対に言えない。

清親がＣＤをセットする。音楽が流れ出して、ナオキは振付を頭で思い出しながら背筋を伸ばした。

バルコニーから駆け下りたジュリエットが、暗がりでロミオに手を掴まれる。振付のとおりにナオキが甘えるように肩へ頭をすり寄せると、清親の身体がはっと強張った。腕に添えた手をそうっと握り込まれ、ナオキは「だめだ」と囁《ささや》く。

「もっと近くに」

何度も、キスをする寸前のところまでふたりが近付くのがこのシーンの特徴だ。本当にぎりぎりの距離なのに触れない。それが、最後の、想いが決壊したような濃厚なキスシーンに繋がる。

音が過ぎていっても、気にせずそのまま清親を見つめた。誘うように喉《のど》を上げると、吸い込まれてくるように清親が身体ごとぐらりと近付く。

「そう、いいと思う」

距離が近いので、自然と声は囁くように小さくなった。つい、と清親から離れて振付に戻る。ロミオの見せ場があって、また触れ合うシーンだ。清親が出した両手を引き寄せ、自分の頬を包ませ、撫《な》でさせる。

「遠慮しないで、もっとちゃんと触って大丈夫だ」

促すと清親は小さく頷いて、しっとりとナオキの頬を包んで耳の後ろを撫でた。ぞく、とささやかな痺《しび》れが背中を駆ける。

リフトはとても無理なので、音だけを聞いて振付は飛ばした。

膝《ひざ》をついた清親の前に立つ。胴を抱きしめられ、腹に狂おしく顔をうずめられる。振付がそうでなくても、きっと自然に身体はのけぞっただろう。後ろへ大きく反らした背中を掴むように抱かれて、ジンジンと肌が粟立《あわだ》った。

こういうふうにして熱を高めていくシーンなのだと、身をもって知る。気がついたら曲は終盤で、荒い息で肩を小さく上下させながら清親と見つめ合っていた。

急に気恥ずかしくなって、ナオキはためらいながら目を伏せた。けれど、清親が食い入るように自分をじっと見ているのがわかって、ゆっくりと目線を上げる。

ついさっきまで頭の中で流れていた『ロミオとジュリエット』の映像がふっつりと消えて真っ白になった。音楽に導かれるようにして鼻先が触れ合う。同時に距離を詰めて唇を重ねた。

舌を絡めながら踵《かかと》を上げると、頭と腰を抱いた清親の腕がナオキをゆったりと引き寄せる。夢見心地で、ふわふわと浮いているような気分だった。ゆるやかに半回転させられて、もう自分が床に足をついているのか、むしろどこが床なのかもわからなくなる。うっとりと清親の胸に身を預けきって、口付けに沈み込む。

唇を離して、間近から目を合わせた。

本当なら、ジュリエットが身を翻してバルコニーへ駆け去って、幕がおりる。けれど強い磁石で合わさってしまったように身動きがとれなかった。胸を喘《あえ》がせながら、震える睫《まつ》毛《げ》をふたたび伏せる。

「ン、……ふ」

頭を抱え込むようにしてふたたび口付けられて、縋《すが》った腕に爪《つめ》を立てた。

「キヨ、チカ、」

「……直希《なおき》」

脚のあいだに踏み込まれたナオキがバランスを崩しても、清親は動じなかった。片腕で背中を抱いて、ナオキの体重をまるごと受け止めてくれる。

「重いな。でも、持ち上がらないこともないかもしれない」

「やめてくれ、怪我《けが》させたくない」

同じくらいの身長でも、明らかに清親よりナオキのほうが体重は軽いだろう。けれど無理して抱き上げて、清親が肩や腰を悪くしたらたまらない。ひやりとして自分で立とうとするが、清親はナオキの抵抗を軽くいなしてそのままソファに倒した。

自分が羽のような軽さなのかもしれないと錯覚するくらい、少しの衝撃もなく背中がソファに接する。

清親が膝でソファに乗り上げ、ナオキの上に影を作る。キシ、と革のソファが小さく音を立てた。両腕を背中に回して引き寄せると、清親の熱っぽい瞳が間近まで迫る。

鼻先をすり合わせて、唇の端に軽いキスが触れた。

「きみのカンパニーでは、マクミラン版の『ロミオとジュリエット』を？」

「どうだったかな」

「違うといいな。こんなこと、他のひとととしてほしくない」

清親が、誰かとこの『ロミオとジュリエット』を踊る。それを自分が客席で見ることを想像したら、胸の中で小さな嵐が渦巻いた。正直に言えば見たくない。けれど、きっと清親にロミオ役は合うだろうとも思った。同じバレエダンサーとしては見てみたいという気持ちもある。

ふたつがせめぎ合って、それでも勝るのは独占欲だった。憂いを込めて睫毛を伏せると、清親の唇が宥《なだ》めるようにナオキのまぶたに触れる。

「心配しなくても、おまえだけだ」

低めた声に囁かれ、ナオキは清親を見上げた。目が合うと、自分の台詞《せりふ》に照れたのか、清親は居心地悪そうに目を伏せて、こつんとナオキに額を寄せた。ナオキは顎《あご》を上げて、清親の頬に鼻筋をすり寄せる。猫のように鼻で甘えてみせると、清親がふっと吐息で笑った。少し幼いような表情を息のかかる距離で見て、ナオキも唇を微笑ませる。

「おまえには教わることばかりだ」

清親はしみじみと言ってナオキの頬に口付けた。さっきよりずっとスマートな振る舞いで、彼は本当になにに対しても飲み込みがはやい。ナオキも清親にキスを返した。

「それは俺も同じだ。きみが俺に足りないものをくれる」

清親といると、世界は知らないことばかりで、毎日が発見の連続だ。ナオキはいつも、清親に新しいことを教えられると、自分の背丈が倍になったような気分になる。目線が、視界が、鮮やかに変わるのだ。

「そんなことない。恋人と踊る幸福感なんて、今日はじめて知った。夢みたいに気持ちよかった」

「大袈裟だな」

そうだな、と清親が同意してくれる。酩酊《めいてい》に似た浮かぶような気持ちよさを、清親も一緒に味わっていたのなら、それは奇跡みたいなしあわせだと思う。

チュ、と唇を合わせて、また目を見合った。そしてまたキスをする。

口付けは徐々に深さを増して、合間の息継ぎが少しずつ切なさを帯びた。濡れてとろけるお互いの吐息に、意識が蜜のように甘くなる。

部屋に流れる『ロミオとジュリエット』が心地いい。

ナオキは目を閉じて、清親の手に身を委ねた。

あとがき

はじめまして、こんにちは、市村奈央です。『蜜色エトワール』をお手に取っていただきありがとうございます。

バレエBLです。バレエはむかしから好きだったので、いつか書いてみたいと思っていた題材でした。専門用語や踊るシーンなど、表現に悩むこともたくさんあったのですが、書いていてとても楽しかったです。

ところで、バレエといえば、男性ダンサーのタイツ問題は避けて通れない部分です。でも考えてみれば、あれをなんだかちょっと恥ずかしいって思うのは見る側の感性ですよね。本人たちは恥ずかしいなんて思っていないはずですよね。

つまりなにが言いたいかというと、そうなんです、ナオキはタイツが恥ずかしくない人種なんです。そう気付いたとき、「あ、この子普段から当たり前のようにTバックのパンツ穿いてるわ」と思いました。だから今回、裏テーマはTバックパンツです。

自分では、パンツにそこまでこだわりがあるつもりはなかったのですが、書いてみたらこれが楽しくて楽しくてびっくりしました。人間、一度体得した萌えはそうそう手放せるものではないと思うので、これからも、下着に関してはこだわって書いていきたいと思います。

今回もたくさんのかたに助けられて、この本ができあがりました。
イラストの麻々原絵里依先生。組ませていただけると聞いたときうれしくてうれしくて、なるべくイラストのイメージに合った作品にしたいと思った結果、はじめて、ちょっとクールな主人公や広い舞台を書くことができました。担当Iさま、今回はパンツパンツと連呼してすみませんでした、これからもよろしくお願いします。友人、家族もいつも支えてくれてありがとう。パリ出身の職場のSさん、お昼休みに唐突に「フランス人って夜ごはんなに食べるんですか?」とか不審な質問をたくさんしてごめんなさい。お世話になりました。
そしてなにより、ここまで読んでくださって本当にありがとうございました。またお目にかかれますように。

このあと、もうひとつおまけがあります。男の子ふたりが一生一緒に生きていくのはとても大変なことだと思いますが、わたしはナオキとキヨチカに、できればこういう形でしあわせになってほしいと願って書きました。みなさまにも気に入っていただける結末だとうれしいです。

市村奈央

おまけ

朝はアルベリクが車で迎えに来てくれた。後部座席にはオラール先生が乗っていて、助手席におさまったナオキに「おはようナオキ、すばらしい朝だね」と微笑《ほほえ》みかける。ナオキも笑って、「はい」と頷《うなず》いた。

すばらしい朝だ。本当に、その通りだと思う。

アルベリクの車は、ほどなくしてパリの市役所に到着した。もともと、ナオキの住まいから市役所はそれほど遠くない。車を降りて視線を巡らすと、玄関前の階段に、すでに清親《きよちか》が立っているのが見えた。

この国では、結婚式の日は一緒にではなくべつべつに役所にやってくるのが慣習なのだ。今日のために、ナオキも清親もフルオーダーでスーツを誂《あつら》えた。身体《からだ》のラインにすっきりと合ったブラックスーツ姿の清親は、華やかなパリにあっても際立ってナオキの目に映る。眩《まぶ》しくて目を細めると、隣でアルベリクがふっと笑った。

「彼、また恰好《かっこう》よくなったね。いまはイギリスにいるんだっけ?」

そう、とナオキは頷いた。

清親は、トゥールーズのバレエ団に三年在籍したあと、イギリスの王立バレエ団に移籍した。その後わずか一年でファースト・ソリストになり、いまでは最高位のプリンシパルに一番近いダンサーともいわれている。

「キヨチカ！」

名前を呼んで駆け寄ると、清親は「おはよう」と微笑んでナオキのこめかみに軽くキスをした。トゥールーズ訛《なま》りの挨拶も、こうして軽いキスを自然にするのも、彼の外国暮らしが長くなった証拠だ。

「今日もきれいだ」

「ありがとう」

ナオキは半年前に、ガルニエ宮のエトワールに任命された。王子を踊った『白鳥《はくちょう》の湖《みずうみ》』のカーテンコールでの出来事で、あのときは本当に驚いた。半年経ったいまでもまだ、エトワールという称号には慣れない。けれど、それに相応《ふさわ》しいダンサーになりたいと思っている。

四年前に清親とした結婚の話を思い出したのは、エトワールに任命された夜のことだった。ぽつんと雨が降り出すのに似て、突然で、だけど自然にそうしたいと思った。

電話でそう話をしたら、清親は翌日イギリスからパリに飛んできた。その日はふたりでずいぶん長いこと話をした気がする。最初はＰＡＣＳに向けた話をしていたけれど、途中で清親が「そういえば、フランスは同性婚が認められてたよな」と言い出したことで事態が変わった。

フランスでは婚姻に必要な手続きが多く、特に一方が外国籍なら書類が揃《そろ》うまでにかなりの時間がかかる。フランス人の異性同士でも、手続きの面倒さを理由に、婚姻よりＰＡＣＳを選ぶカップルも少なくないのが現状だ。けれど清親は「そういうのを面倒って言うのか？　俺はこういうことに関して楽を取る理由がわからない」と言った。とても清親らしくて、ナオキも自然と彼の言うとおりだと思えた。

それで結局正式に結婚をしようということになり、提出する書類がすべて揃ったのがつい先日のことなのだった。それでもそのあいだに、互いの家族に挨拶をしたり、立会人を頼んだりする必要もある。公演の合間を縫ってあれこれをこなす忙しさに、その半年を長いとは感じなかった。

清親とのことを、母の鞠子《まりこ》は薄々気付いていたらしく、結婚についてナオキの家ではあっさりと納得された。清親の家のほうは突然のことに困惑が先に立ったようで、何度か訪ねてやっと理解をしてもらえたばかりだ。清親の両親はまだ、イギリスで踊る彼を見たことがない。ナオキの当面の目標は、彼の両親と一緒に清親の舞台を見ることだ。

市役所に書類を届け出たのが一週間前。それから婚姻式の日程が決まる。また役所に出向いて、市長の前で宣誓を行い、それでやっとすべての手続きが終わるのだ。清親は「式を挙げるのか？　役所で？」と不思議そうにしたが、それがフランスの婚姻だった。

市役所の小さな部屋に通され、市長が現れるのを待つ。ブルーのクロスが敷かれたテーブルと、椅子《いす》が数脚用意された部屋は、簡易的な教会のようにも見えた。

清親は、緊張したようすで何度も喉元《のどもと》のタイを直した。彼の立会人としてやってきたトゥールーズのダンサーが冷やかしの声をかける。

「ナオキは緊張しないの？」

隣にいたアルベリクに、トンと肘《ひじ》で腕をつつかれ、ナオキは首を傾《かし》げた。

「わからない。まだ、実感がないのかもしれない」

そう答えると、逆の隣から清親が呆《あき》れたように口を挟んだ。

「おまえ、エトワールになったときもそんなこと言ってたな」

「うん、それはいまだにそうだな」

「……頼むぜ」

「なにが？」

くす、とアルベリクが笑う。

「半年後に、まだ結婚した実感がないなんて言ったらキヨチカが可哀相《かわいそう》だよ」

そんな話をしていると、ドアが開いて市長が現れた。静かに自分たちの前に進んでくる姿にどきりとして「緊張してきた」と呟《つぶや》くと、清親が「遅い」とため息混じりにぼやく。

誓いの言葉を口にして、順番にサインをする。それから指輪の交換を行い、二十分程度で式は終わった。

おめでとう、と市長に、それから立会人たちに言われる。部屋を出ると、役所の職員や、用事で訪れている知らない人たちからも「おめでとう」とたくさんの声をかけられた。「ありがとう」と答えていくうちに、じわじわと幸福が身にしみてゆく。花が水を吸い上げるような、オーブンで甘いお菓子が膨らむような、そんな感覚だ。

市役所の建物を出ると、緊張から解き放たれたのか清親が両腕を上げて大きく伸びをした。左手の薬指が、太陽を反射してチカリと光る。プラチナのシンプルな指輪。たったそれだけが、清親をまるで見知らぬ既婚者に見せるのが不思議だった。

ナオキも左手を前へ突《つ》き出して、揃いの指輪が嵌《は》まる自分の指を見る。

もっと重いものかと思ったけれど、翼が嵌まっているみたいに夢見る軽さだ。すう、と自然に腕が上がる。てのひらが頭の上にくる、アン・オーのポジションだ。振り返った清親が、「なにしてんだ」と首を傾げる。

「バレエをはじめたばかり頃、言われなかった？　腕は持ち上げるんじゃなくて、天から引っ張られて自然に浮き上がるんだって」

「オラール先生の口癖だ」とアルベリクが笑う。

「ナオキ、いまなにを踊りたい？」

オラール先生に訊ねられ、ナオキは少し考えた。バレエ作品のグラン・パ・ド・ドゥは、結婚の場面で踊られることが多い。眠《ねむ》れる森《もり》の美女《びじょ》、コッペリア、ドン・キホーテ。この場に相応しい曲はいくらでも思いついた。立会人もみんなバレエダンサーだから、口々にあれがいいこれがいいと曲名を口にする。

「キヨチカは？」

ナオキが訊ねると、清親も少し考える素振りをする。それから珍しく、明るく大きな笑みを浮かべた。

「なんでもいい。いまならなんでも踊れる気がする」

ナオキも笑った。自分も清親も、普段からにこにこと愛想がいいほうではない。表情に関してはふたりとも残念な動かなさだ。だけど、今日は自然と頬が緩んで、顔いっぱいの笑顔になれた。それだけ、特別な日なのだ。

「俺も同じだ。なんでもいい。踊りたいな」

バレエがあって、清親がいる。この先もずっと。

清親に手を差し出されたので、ナオキは羽のように高く上げた指を恭しく清親の手に乗せた。女性ダンサーを真似《まね》た仕種《しぐさ》に立会人のダンサーたちがどっと笑って、それから舞台の上でするのと同じ、きれいな所作で拍手を送ってくれる。

目を合わせると、また揃って笑顔が弾《はじ》けた。

まるで祝福に満ちたカーテンコールのようで、けれどこれは、新しいはじまりの一歩なのだった。

✦初出　蜜色エトワール……………………………書き下ろし
パリ、蜜色の休日…………………………書き下ろし
ロミオとジュリエットみたいに……書き下ろし

市村奈央先生、麻々原絵里依先生へのお便り、本作品に関するご意見、ご感想などは
〒151-0051 東京都渋谷区千駄ヶ谷 4-9-7
幻冬舎コミックス　ルチル文庫「蜜色エトワール」係まで。

幻冬舎ルチル文庫

蜜色エトワール

2015年8月20日　　第1刷発行

✦著者	市村奈央　いちむら なお
✦発行人	石原正康
✦発行元	株式会社 幻冬舎コミックス 〒151-0051 東京都渋谷区千駄ヶ谷 4-9-7 電話 03(5411)6431［編集］
✦発売元	株式会社 幻冬舎 〒151-0051 東京都渋谷区千駄ヶ谷 4-9-7 電話 03(5411)6222［営業］ 振替 00120-8-767643
✦印刷・製本所	中央精版印刷株式会社

✦検印廃止

ISBN978-4-344-83514-6　C0193　Printed in Japan

幻冬舎コミックスホームページ　http://www.gentosha-comics.net